청춘기담

청춘 기담

이금이 소설집

사ㅁ계절

‖ 차례 ‖

셔틀보이

이번 셔틀 품목은 스마트폰이다. 사실 스마트폰은 내가 먼저 갖고 싶다. 초딩은 물론 유딩도 들고 다니는 스마트폰이 아직 없다니, 중3 체면이 말이 아니다. 산69파 형들은 모든 연락을 단체방 문자로 주고받아 나는 성규한테 따로 전달받아야 한다. 그때마다 셔틀에도 급이 나뉘는 기분이다.

할머니를 조르고 있지만 돈이라면 돈에 붙은 먼지까지도 아까워하는 양반이 비싼 데다 요금까지 많이 나오는 스마트폰을 사 줄 리 없다. 대리점마다 붙어 있는 공짜 폰 광고는 모두 뻥이다. 어른들은 그렇게 버젓이 거짓말을 하면서 아이들에게만 정직하라는 게 어이없다. 더 짜증 나는 건 공짜 폰이 있다 해도 미성년자라 내 맘대로 개통할 수도 없다는 거다.

"아 씨, 스마트폰 없는 애가 어딨어, 요새!"

방문을 팡팡 차며 고함쳐도 할머니는 눈도 꿈쩍하지 않았다. 옆집 할머니는 손주라면 땅콩만 한 수진이한테도 절절매는데 우리 할머니는 자기보다 20센티미터는 더 큰 내 따귀도 철썩철썩 올려붙인다. 내가 꼼짝없이 당하는 건 할머니보다 힘이 약해서가 아니라 아빠가 무서워서다.

만나기만 하면 싸우는 아빠와 할머니가 뜻이 맞는 게 있다면 그건 오직 '자식은 패서 키워야 한다.'라는 교육 신조다. 아빠가 어린 나이에 사고 쳐서 애 아빠가 된 것도 다 할머니가 하나밖에 없는 늦둥이라고 오냐오냐 키워서라는 것이다. 아빠도 자기가 맞지 않고 커서 그 모양이 됐다고 생각하는지 걸핏하면 나를 패 댔다. 한때 좀 놀았다는 아빠의 주먹은 기절할 만큼 아프다. 한 번만 더 할머니에게 반항하면 알아서 하라는 경고는, 생각만 해도 아찔한 주먹 맛이 함께 떠올라 날 꼼짝할 수 없게 만든다.

월세 보증금을 빼서 토낀 적도 있었다는 아빠가 나더러는 자기가 못다 한 효도까지 하라니, 이렇게 억울할 데가 없다. 하루빨리 제멋대로인 이놈의 집구석을 벗어나는 게 내 목표다. 집을 떠날 때는 반드시 그동안 맞은 것을 다 담아 아빠에게 한 방 날리고야 말 것이다.

그러기 위해선 스마트폰 셔틀을 무사히 성공해 형들의 신임을 얻어야 한다. 하지만 아무리 눈을 부릅뜨고 다녀도 누가 흘린 스마트폰 같은 건 없었다. 아빠 거라도 훔쳐다 주고 싶은데 집에 안 온 지 한 달도 넘었다. 중고폰을 사다 줄까 하는 생각도 해 봤지만 돈이 없다. 얼마 전 내게 지갑을 털린 뒤로 할머니의 돈 감추는 솜씨는 은행의 비밀 금고 못지않아졌다. 스마트폰 상납일인 토요일이 거침없이 다가오고 있었다.

금요일, 학교가 끝나자마자 집으로 달려갔다. 다행히 내가 하는 일에 일일이 태클을 거는 할머니가 없었다. 나는 얼른 교복을 남 눈에 띄지 않는 수수한 옷으로 갈아입고 집을 나섰다. 목적지는 우리 동네에서 세 정류장쯤 떨어진 주택가다.

우리 집은 새로 지은 아파트 단지에 있다. 폼 나는 정문과 하늘 높은 줄 모르고 솟은 건물, 멋진 조경이 어우러진 아파트 단지에 들어설 때면 두 가지 생각이 동시에 들곤 했다. 이 근사한 곳에 우리 집이 있다는 자랑스러움과 남의 옷을 입은 것 같은 어색함.

오래된 주택가에 가자 익숙함과 편안함이 느껴졌다. 이곳은 사람들도 어리숙할 것 같다. 그러자 스마트폰을 손에 넣을 수 있을 것 같은 자신감이 생겼다. 나는 동네를 어슬렁거리며 먹잇감을 찾았다. 드디어 만만한 상대를 발견했다. 놀이터 벤치에 앉아 게임에 빠져 있는 2, 3학년쯤 돼 보이는 초딩이었다. 놀이터의 놀이 기구는 우리 아파트 단지에 비하면 형편없이 빈약하고 초라했다. 그래서인지 초딩밖에 없었고 지나가는 사람도 보이지 않았다. 이렇게 완벽할 수가.

막상 사냥을 하려고 하자 가슴이 뛰기 시작했다. 먹이사슬에서 초딩은 중딩의 밥이니 쫄 것 없어. 나는 수그러드는 자신감을 북돋웠다. 사실 우리 동네에서도 시도해 보지 않은 건 아니었다. 내가 어릴 때는 안 그랬는데 요즘 애들은 너무 사람을 못 믿고 싸가지가 없다. 말만 걸어도 도둑놈이나 유괴범 대하듯 쳐다본다. 여자애들이 더 당돌하다. 겨우 용기 내 휴대폰 좀 한 번만 쓰자고 말하면 반말로,

"싫은데. 그런데 오빠는 왜 휴대폰이 없어? 엄마가 안 사 줘?"

"안 돼. 우리 엄마가 모르는 사람한테 휴대폰 빌려 주지 말 랬어."

하며 부탁한 사람 무안하게, 딱 잘라 거절한다.

그 애들에 비하면 콧물이 입속으로 들어가기 직전에야 훌쩍 들이마시며 게임을 하고 있는 녀석은 한눈에도 맹해 보였다. 나는 슬금슬금 녀석 곁으로 다가갔다. 이번엔 기필코 성공해야 한다. 그때 손잡이가 달린 세발자전거를 밀며 한 아줌마가 놀이터 안으로 들어왔다. 나는 찔끔해서 초딩과 떨어진 곳에 놓인 벤치로 가서 앉았다.

"애기 깨기 전에 그네 조금만 타고 가는 거야. 알았지?"

아줌마가 세발자전거에서 내리는 아이에게 말했다. 동생을 재워 놓고 나온 모양이다. 그럼 금방 갈 것이다. 놀이터엔 다시 게임에 빠진 초딩만 남을 테고 그러면……. 나는 아줌마 신경 거슬리지 않게 가방에서 만화책을 꺼내 조용히 보기 시

작했다.

　우리 반 애들은 나, 박현기가 일진인 줄 안다. 함께 노는 산69파 형들 덕분이다. 함께 논다는 말엔 삥이 좀, 아니 많이 섞여 있다. 나는 아직 형들과 함께 놀 '급'이 못 된다. 현재로선 셔틀을 시켜 주는 것만으로도 감지덕지다. 내 소원은 산69파의 당당한 일원이 되는 것이다. 솔직하게 말하면 산69파도 아직 일진이라고 할 수는 없다. 성규와 나까지 합쳐 일곱 명밖에 되지 않는 우리는 고작 아이들의 코 묻은 돈이나 삥 뜯어 피시방에 들락거리는 정도다. 그런데 일진 대우를 해 주다니. 그런 오해 나쁘지 않다. 일단 학교에서 귀찮게 건드리는 놈들이 없다.

　산69파라는 이름은 동네가 재개발되기 전, 우리가 살던 주소에서 비롯된 것이다. 우리는 달동네의 산69번지라는 주소를 공유하며 몇 년을 살았다. 내 어린 시절은 우리 동네 재개발 역사와 함께해 왔다. 내가 태어나 가장 많이 들은 말도 어쩌면 '재개발'이었는지 모른다. 그렇지 않고서야 어떻게 세 살이 되도록 말을 하지 않아 벙어린 줄 알았던 내가 처음 내뱉은 말이 '재개발'일 수 있단 말인가. 다른 이야기 같았으면 할머니의 증언을 믿지 않았을 것이다.

　우리 할머니는 구라를 밥 먹듯이 치는 사람이다. 아빠가 오랫동안 집에 오지 않으면 할머니는 내게 전화를 걸라고 해선

할 말까지 일러 주었다. 할머니가 빙판에서 자빠져 다 죽게 생겼다거나, 집에 도둑이 들었다거나, 심지어는 불이 났다고까지 시켰다. 그래서 나는 내가 계속 속 썩이면 집을 나갈 거라는 둥, 한 번만 더 할머니 지갑에 손대면 손모가지를 잘라버릴 거라는 협박 따위엔 코웃음을 칠 수 있다. 그런데 내가 처음 말한 단어가 '재개발'이었다는 이야기는 믿긴다.

옆집 아기 수진이가 가장 처음, 그리고 제일 많이 하는 말이 '엄마'다. 할 줄 아는 다른 단어도 '아빠' '함무(할머니)'나 '맘마' '까까' 같은 것들이다. 내가 말을 늦게 한 건 부를 엄마나 아빠가 곁에 없어서였을 테고, 첫 단어가 '재개발'이었다는 건 그만큼 많이 들어서였을 것이다.

아무튼 재개발이 시작되면서 대부분 세입자였던 마을 사람들은 뿔뿔이 흩어졌고 허름하던 동네엔 좁은 땅을 위로 늘린 아파트들이 들어섰다. 우리가 그중 한 곳에 입주할 수 있었던 건 할머니의 수완 덕분이다. 할머니는 나를 업고 다니면서까지 열성적으로 조합원 활동을 하며 정보를 얻어 냈고, 먹고 죽을 돈도 없다고 엄살 피우면서도 임대 보증금을 꿍쳐 두었다. 우리가 당첨된 집은 방이 두 개에다 거실까지 있었다. 뿐만 아니라 화장실에 반짝거리는 세면대와 변기는 물론 욕조까지 갖춘 궁전 같은 집이었다.

새 아파트에 입주하던 날, 모처럼 집에 온 아빠는 할머니와 술상을 놓고 자축했고 나는 처음 갖게 된 내 방에서 나가지 않았다. 아빠는 어차피 같이 안 사니까 집에 오는 날은 거실에서 잘 거라고 했다. 나는 한 달에 한 번 보기도 힘든 아빠의 직업이 정확히 뭔지 모른다. 할머니 말에 의하면 지방으로 돌아다니며 그릇을 판다고 했다. 있는 것보다 없는 게 더 많은 집인데 박스도 뜯지 않은 그릇들이 베란다 한구석에 쌓여 있는 걸 보면 사실인 모양이다.

"시골 노인네들 등쳐 먹는 일이지, 이딴 후라이판이 무슨 몇십만 원씩 해?"

사기꾼 취급하면서도 할머니는 학교에 내는 조사서 같은 데에는 아빠 직업을 '사업'이라고 쓰라고 했다. 간간이 할머니한테 돈도 주고, 입주 기념으로 냉장고와 내 책상까지 새로 사 준 걸 보면 돈을 벌기는 하나 보다. 그럼 스마트폰이나 좀 사 주지.

아파트가 지어질 동안 살았던 반지하 방의 곰팡이 냄새와 할머니가 자루째 갖다 놓고 까던 마늘 냄새에 비하면 새 집, 새 가구 냄새는 아무리 맡아도 좋기만 했다. 하지만 입주와 더불어 개교한 학교는 도무지 정이 들질 않았다. 아파트 단지 안에 있는 학교에서는 동 수만 말해도 몇 평인지 답이 척 나왔다. 궁전 같다고 여겼던 우리 집은 알고 보니 단지에서 최하위 레벨인 임대 아파트였다. 이럴 줄 알았으면 할머니가 아무리 차비 아깝다고 난리를 쳐도 그냥 예전 학교에 다녔을 것이다. 낡고 구질구질한 건물들을 까뭉개고 세워진 아파트와

학교에서도 공부 못하는 달동네 아이였던 내 처지는 달라지지 않았다.

그 무렵 우연히 피시방에서 성규를 만난 건 내 인생에서 그리 흔치 않은 행운이었다. 성규는 산69번지에 살 때 가장 친한 아이였다. 그런데 우리 할머니랑 걔네 아빠가 조합장 선거때 서로 반대편에 서는 바람에 서먹해졌다. 그 상태로 각기다른 동네로 이사한 뒤론 아예 멀어졌다. 오랜만에 본 성규는산69파 형들과 어울리고 있었다.

성규를 따라가 만난 형들은 몇 년 새 놀라울 만큼 남자답고멋지게 변해 있었다. 대부분 학교를 그만두었거나 학교를 다닌다고 해도 무늬만 학생이었다. 나는 형들이 학교와 집을 벗어남으로써 서열과 평가에서 자유로운 존재가 됐음을 알았다.내가 원하는 바를 먼저 이루어 낸 형들이 대단해 보였다. 나는 존경심을 가득 품은 채 광호 형에게 일단 맞기부터 했다.광호 형은 초딩이던 내 돈을 빼앗았다가 우리 아빠한테 반쯤죽을 만큼 당한 형이었다.

나는 맞으면서도 성규가 고마웠고, 그건 지금도 마찬가지다. 성규를 만나지 않았더라면 교실에서 나는 여전히, 집이나성적으로 평가된 채 무시하며 밟고 지나가도 되는 투명인간으로 지내고 있을 것이다. 물론 지금도 나는 투명인간이다. 하지만 보이지 않는 곳에 무엇이 있을지 몰라 더욱 두려운 존재가 됐다. 덕분에 나는 교실에서 없는 듯 엎어져 있기만 하면서도 형들에게 상납하거나 셔틀에 필요한 돈을 힘들이지 않고 구할 수 있었다. 스마트폰이 셔틀 품목으로 등장하기 전까지 말이다.

한 달 전쯤 찜질방에 갔던 경준이 형한테 최신 스마트폰이 생겼다. 옆 사람이 빠트린 걸 슬쩍 감춘 뒤 전원을 꺼 놓고 그 사람이 찾는데도 모르는 척했다고 한다. 형은 그 폰을 중고 거래상한테 21만 원에 팔아 우리에게 고기 뷔페와 노래방, 피시방까지 쐈다. 그 경험은 형들에게 새로운 세상을 보여 주었고 그때부터 삥 뜯는 품목은 코흘리개들의 주머닛돈에서 스마트폰으로 바뀌었다. 우리는 조를 짜 혼자 있는 초딩이나 중딩에게 접근해 휴대폰을 빌린 뒤 들고 튀는 방법을 썼다. 광호 형은 대담하게 알바생 혼자 있는 편의점에 들어가 다급한 척 배터리가 없다며 휴대폰을 빌려 튀기도 했다.

성규가 유인이든 운반이든 맡겨진 일을 척척 해내는 것과 달리 나는 번번이 실패했다. 아이들한테 1, 2천 원 뺏는 건 어렵지 않은데 전화기 빌려 달라는 말을 할 때는 왜 그렇게 목소리가 떨리고 다리가 후들거리는지 모르겠다. 나 때문에 일을 그르치기도 하고, 걸릴 뻔도 하자 빡이 돈 형들은,

"이 찐따 새끼 빼 버릴까 보다. 대신 너, 토요일까지 스마트폰 한 대 가져와. 안 그럼 죽을 줄 알아."

하며 으름장을 놓았다. 산69파에서 완전히 떨려 날까 봐 두려

웠던 나는 형들의 배려가 고마웠다. 한편으로는 이번 셔틀을 제대로 하지 못하면 성규와의 사이에도 서열이 생길 거란 생각에 초조해졌다.

아, 드디어 아줌마가 세발자전거를 밀며 놀이터를 떠났다. 나는 동물 다큐에서 본 대머리 독수리처럼 먹잇감인 코찔찔이 주변을 빙빙 돌았다. 녀석은 여전히 게임 중이었는데 1단계도 못 넘기고 계속 죽었다. 나는 그 나이 때 마지막 단계까지 갔던 실력이다. 초딩 옆에 앉아 슬쩍슬쩍 훈수를 두며 작업을 시작했다. 녀석은 얼굴도 보지 않고 내 말을 따랐다. 하지만 둔한 손놀림은 내 지시를 제대로 이행하지 못했다. 답답해서 "밥통아, 그것도 못 해?" 하며 뒤통수라도 갈기고 싶었지만 지금은 그럴 때가 아니다.

"형아가 깨 줄까?"

나는 코찔찔이가 경계심을 갖지 않도록 최대한 상냥하게 말했다.

"정말?"

녀석이 반색을 하며 처음으로 나를 보았다. 의심이라곤 없는 해맑은 얼굴이었다.

"그럼! 5분이면 다 깨."

나는 코찔찔이 옆으로 바짝 다가앉았다. 녀석이 신 나서 내게 휴대폰을 넘겨주었다. 스마트폰을 받아 든 순간, 원래부터 내 것이었던 것마냥 손에 착 붙었다. 반은 성공이다. 이런 나를 형들이 봐 줬으면 좋겠다. 심장이 툭탁거렸다. 나는 게임을 시작했다. 지금 튈까?

"우아, 형아, 디따 잘한다!"

악당들을 깨부수는 나를 코찔찔이가 존경하는 눈빛으로 바라본다. 지금 튀어야 해. 하지만 녀석의 눈길을 좀 더 느끼고 싶다. 난생처음 받아 보는 시선이다. 나는 단숨에 3단계까지 도달한다. 코찔찔이가 내 게임 실력에 무한한 신뢰를 보내며 일어선다.

"형아, 나 팽이 돌리고 있을 테니까 다 깨 줘."

녀석이 주머니에서 팽이를 꺼내 바닥에 던진다. 팽이가 번쩍번쩍 빛을 내며 돌아간다.

지금이다! 나는 벌떡 일어선다. 그리고 놀이터를 단숨에 빠져나와 뛰기 시작한다.

"어, 형아! 내 폰! 엄마!"

코찔찔이가 소리치며 울음을 터뜨린다. 울음소리가 발을 휘감는다. 나는 주춤거리는 마음을 다잡는다. 나도 숱하게 삥을 뜯기고 처맞아 봤지만 운다고 뒤를 돌아다봐 준 놈은 없었다. 나는 그대로 달렸다. 하지만 얼마 못 가 일격을 당하고 개구리처럼 길바닥에 널브러졌다.

근처의 짜장면 집이 초딩네 거고, 그때 막 배달에서 돌아오던 양철통이 초딩네 삼촌이고, 그 삼촌이 격투기 유단자일 줄이야. 게다가 오토바이까지 탔으니, 게임 오버다. 할머니가 나더러 아빠 앞길을 망쳐 버린 싹수 없는 놈이라더니 정말 난 태어날 때부터 재수가 없는 놈인 모양이다. 나는 그 뒤로도 한참을 더 맞은 다음 경찰서로 끌려갔다.

씨발, 팼으면 경찰서엘 가질 말든지, 경찰서에 끌고 갈 거면 패지를 말아야지. 더 재수 없는 건 하필 그 일대에 스마트폰 날치기가 기승을 부려서 단속 중이었다나. 배후를 대라는 협박에도 나는 끝까지 산69파에 대해 말하지 않았다. 작전에 실패한 지금, 형들에게 어필할 수 있는 건 의리뿐이다.

형사가, 순순히 불지 않으면 그동안 일대에서 일어난 스마트폰 날치기 사건을 다 덤터기 씌워 감옥에 보낼 거라고 을러댔다. 소년원에 다녀온 명환이 형의 이야기가 떠올라 겁이 덜컥 났다. 아니, 그보다 연락을 받고 온 아빠가 더 무서웠다. 코찔찔이 삼촌한테 맞은 델 또 맞을 생각을 하니 아찔했다.

경찰서를 나선 아빠는 단 한 마디도 없이 앞장서 걸었다. 이 대로 도망쳐 버릴까? 산69파 형들이 의리를 지켰다고 받아 주지 않을까? 하지만 얼마 못 가 아빠한테 잡힐 모습이 떠올라 나는 보이지 않는 포승줄에라도 묶인 것처럼 뒤를 따라갔다.

아빠는 도로변의 휴대폰 대리점으로 들어갔다. 그러곤 놀랍게도 스마트폰을 사 주는 것이었다. 이게 무슨 일이지? 나는 좋기보다 겁이 났다.

"새끼, 그렇게 갖고 싶으면 말을 하지."

아빠는 내가 갖기 위해 그랬던 거라고 생각하는 모양이었다. 나는 아빠 모르게 한숨을 토해 냈다. 잘됐다. 형들에게 내 걸 갖다 주면 된다. 최신폰은 아니지만 중고 시장에서 먹어 주는 브랜드였다. 형들에게 준 다음 잃어버렸다고 하든지, 누가 훔쳐 갔다고 하든지 뒷일은 다음에 생각하기로 했다. 겨우 얻은 스마트폰을 제대로 써 보지도 못하고 넘겨줄 생각을 하자 눈물이 날 것 같았고 휴대폰이 없어진 다음 아빠한테 당할 일이 벌써부터 무서웠다. 그래도 산69파에서 떨려 나는 것보단 나았다.

점원이 번호를 그대로 쓸 거냐고 물었다.

"바꿔 줘요."

아빠가 내 의사는 묻지도 않고 말했다. 산69파가 아니면 내 번호를 알고 있는 사람도 없을 테니 바꿔도 상관없었다. (구린 휴대폰을 보이는 게 싫어 학교에서는 아예 없는 척했다.) 점원이 원하는 번호가 있느냐고 물었다. 나는 잠시 생각하다 1013으로 정했다. 무슨 의미냐고? 벽에 붙은 디지털 시계에 적힌 그날 날짜였다. 10월 13일. 집 전화나 가족 전화번호와 뒷자리를 맞추는 촌스러운 짓은 하고 싶지 않았다. 아빠는 다행히 새 번호에 대해선 신경 쓰지 않았다. 저장된 전화번호를 옮겨 주냐고 묻는 점원에게 아빠가 나 대신 필요 없다고 대답했다. 그러곤 전에 쓰던 휴대폰을 내놓으라더니 자기 주머니에 넣으며 말했다.

"이 전화는 압수야. 앞으로 허튼짓하고 돌아다니면 그날로

제삿날인 줄 알아."

휴, 성규 문자를 삭제하길 잘했다. 전화번호야 다시 알아내면 될 테고.

"집으로 곧바로 가."

대리점을 나온 아빠는 한순간의 망설임도 없이 나와 반대 방향으로 사라져 버렸다. 오랜만에 만났으면 짜장면이라도 사 줘야 하는 거 아닌가. 함께 있는 게 뻘쭘하긴 나도 마찬가진데 아빠가 피하듯 서둘러 가 버리자 슬그머니 서운, 아니 억울한 기분이 들었다. 누가 사고 쳐서 스물한 살에 애 아빠가 되랬나. 나보다 겨우 다섯 살 더 많은 나이에 아빠가 됐다니 나보다 50배는 더 한심한 인간이다. 아빠는 날 창피해하지만 그건 내 잘못이 아니다. 나는 뭐 삼촌뻘 나이에다 양아치 같은 사람이 아빠인 게 안 쪽팔린 줄 아나?

나는 피시방 대신 집으로 향했다. 아빠 말 때문이기도 하지만 내일 상납하기 전까지 스마트폰을 가지고 원 없이 놀아 보고 싶었다. 집으로 들어가자 거실에 앉아 밤을 까던 할머니가 내 뒤를 살피며 물었다.

"애비는?"

코찔찔이 녀석의 삼촌이 기술적으로 때려서 온몸이 욱신거리는데도 얼굴은 멀쩡한 게 다행이었다.

"몰라."

할머니가 어디까지 아는지 모르는 데다 이야기가 길어지는 게 싫어 나는 얼른 방으로 들어와 문을 쾅 닫았다. 그러곤 안내 책자를 펼쳐 놓고 서둘러 스마트폰 세팅을 시작했다. 잠금 패턴을 정하고 이런저런 어플들을 깔았다. 당장 성규와 산69파 형들에게 스마트폰이 생겼음을 알리고 싶어 안달이 났으나 전화번호도 기억하지 못했고, 무엇보다 무용담과 함께 상납하려면 이 스마트폰이 내 거란 사실을 숨겨야 했다.

나는 망설이다 카톡을 깔았다. 하루만이라도 스마트폰이 내 것임을 느끼고 싶었다. 프로필은 비워 두었다. 그게 남자다운 것 같았다. 나는 밥도 먹지 않고 게임을 하고 웹툰을 봤다. 배고픈 것도, 시간이 흐르는 것도 느낄 수 없었다. 왜 사람들이 스마트폰, 스마트폰 하는지 알 것 같았고, 나 또한 그 대열에 끼어 있다는 게 기분 좋았다. 그런 스마트폰을 내일이면 넘겨 줘야 한다는 생각에 한없이 속이 쓰렸다.

카톡 알림음이 울렸다. 아직은 새 번호를 아는 사람이 아빠밖에 없지만 기대가 됐다. 누굴까? 바이올린 사진이 담긴 프로필에 서명훈이라고 적혀 있었다.

　－ 윤상우, 혹시 병원에서 나왔냐?

뭐라는 거야? 윤상우도, 서명훈도 모르는 이름이었다. 프로필을 클릭하자 사진 몇 장이 더 있었다. 내 또래쯤 돼 보이는 남자애가 바이올린 연주를 하거나, 각기 다른 악기를 가진 아이들과 함께 있는 사진들이었다. 악기라고는 리코더도 제대로 불 줄 모르는 나와는 상관없는 세상의 아이였다.

첫 문자가 잘못 온 거라니. 기분이 잡친 나는 메시지를 삭제하고 차단을 눌렀다. 하지만 누구하고라도 카톡을 하고 싶어서 성규 전화번호를 간신히 기억해 내 메시지를 보냈다.

- 모하냐? 나 현기다 ㅋㅋ 폰 쌔벴다. 이 폰이야ㅋㅋ

한참 뒤에야 답이 왔다

- 꺼져 새끼야.
- ????
- 뒤지고 싶지 않음 앞으로 연락하지 마.

나는 전화를 걸어 이유를 물었다. 아빠가 형들을 찾아와 개 패듯 팼다는 것이다. 그 자리에 없어서 아빠의 주먹을 피할 수 있었던 성규는 형들한테 죽사발이 되게 맞았단다. 아빠가 전에 쓰던 내 휴대폰을 가져간 건 그러기 위해서였다.

"나, 나는 암말도 안 했어."

마음대로 개입해서 내 인생을 망쳐 놓은 아빠가 미우면서도 그 주먹이 내게 쏟아지는 듯 무섭고 떨렸다.

"형들이 일부러 찾진 않겠지만 눈에 띄면 갈아 마신다고 벼르고 있으니까 조용히 살아, 새끼야."

전화가 끊겼다. 나는 한동안 멍하니 있었다. 지구와의 교신이 끊긴 채 우주 공간에 혼자 남겨진 듯한 외로움과, 스마트폰을 내주지 않아도 된다는 기쁨이 뒤섞여 뭐라 표현하기 힘든 기분이 됐다.

특목고나 특성화고 등에 원서를 내는 기간이라 교실 분위기가 어수선했다. 나는 남들처럼 고등학교 교실에 앉아 있는 내 모습이 잘 그려지지 않았다. 고등학교는커녕 내일의 나도 상상할 수 없었다. 중학교를 졸업하기 전 학교와 집을 떠나 산69파의 당당한 일원이 되는 모습만을 꿈꾸며 살았다. 그 꿈이 박살 나자 당장 아이들에게 내가 이제 산69파 셔틀에서도 떨려 난, 아무것도 아닌 존재란 사실을 들킬 게 걱정되었다.

나는 가시를 잔뜩 부풀린 고슴도치처럼 어깨를 세운 채 일진 코스프레를 계속했다. 슬쩍 부딪히기만 해도 인상을 쓰며 욕설을 퍼부었고 가끔은 주먹을 휘두르기도 했다. 그럴수록 내 주위의 빈 공간은 넓어졌고 마음속 구멍도 커져 갔다.

이제 내 곁엔 스마트폰만 있을 뿐이었다. 하지만 그것도 나를 외롭게 하기는 마찬가지였다. 반 아이들이 페이스북이나 카카오스토리에 올려놓은 자랑 가득한 사진들을 볼 때면 나혼자 다른 세상에 버려진 느낌이었다. 단체 대화방에서도 투명인간이 될 수밖에 없었다. 교실에선 나를 무서워하며 피하는 아이들이 단체 대화방에선 무시하며 따돌리는 것 같았다. 가끔씩 잘못 걸려 오는 전화나 문자는 대부분 상우라는 애의 건강을 염려하는 내용이었다. 어디가 많이 아픈 모양이었다. 산69파를 잃은 대신 얻은 스마트폰 번호의 전 주인이 환자라니. 더럽게 재수 없는 인생이다. 잘못 온 번호마다 차단을 걸어 놓았더니 차츰 그마저도 뜸해졌다. 거리의 낙엽을 뒹굴게 하는 스산한 바람이 마음속에서도 불었다.

할머니는 내가 얌전히 학교와 집만 오가는 게, 그동안 패서 키운 효과라며 흡족해했다. 웹툰을 보며 밥을 퍼 넣는 내게 할머니가 말했다.

"다음 달부터 예비 고등학교 반에 등록해. 대학 가려면 학원에 다녀야지."

얼씨구, 고등학교도 아니고 대학교?

"내가 또 뻥땅 치면 어쩔라고."

할머니의 강요와 아빠의 위협에 못 이겨 몇 달 다녔던 학원의 마지막 수강료는 산69파와 회식하는 데 쓰였다. 아빠한테 반쯤 죽게 맞았지만 그 덕분에 학원을 그만둘 수 있었다.

"이게 어디서 협박질이야. 또 그런 짓 하면 가만 놔둬? 다리 몽댕일 분질러야지."

할머니가 숟가락몽댕이를 먼저 부러뜨리려는 듯 내 머리를 딱 소리가 나게 때렸다.

"아이 씨, 왜 때리냐고!"

나는 꼬투리를 잡아 밥을 그만 먹고 방으로 들어왔다. 더 있다가는 학원에 가겠다는 대답을 하게 될 것 같아서였다. 우리 반 애들은 아직도 내가 일진인 줄 안다. 학원 다니는 일진이라니. 모양 빠지는 짓을 또 할 수는 없다.

막 컴퓨터 게임을 시작하려는데 문자 진동음이 울렸다. 보나 마나 스팸 문자겠지. 아무런 기대 없이 문자함을 연 나는 깜짝 놀라 휴대폰을 떨어뜨릴 뻔했다.

 - 아들 학교 잘 다녀왔어?

내용을 다시 확인했다. 그리고 나쁜 짓을 하다 들킨 것처럼 나 혼자뿐인 방 안을 둘러보았다. 나를 아들이라고 부를 수 있는 사람은 아빠나 (얼굴도 모르는) 엄마밖에 없다. 분명히 아빠 전화번호는 아니다. 아빠는 이렇게 오글거리는 문자를 보낼 사람이 아닐뿐더러 우리 부자는 이럴 만큼 친하지 않다. 잘못 온 문자가 뻔한데 쪽팔리게 가슴이 뛰었다. 상우인가 하는 놈 엄마나 아빠가 옛날 번호로 잘못 보냈나 보다. 이제 다 나아서 학교에 다니나 보지. 컴퓨터 게임을 시작한 나는 공연히 심통이 나서 키보드를 부서져라 두드렸다.

휴대폰이 또 부르르 온몸을 떨었다. 나는 모르는 척하다 결국 또 문자를 보았다.

― 엄마가 곁에 있어 주지 못해 미안해. 아들…….

이건 뭐지? 아프다는 애의 엄마가 이런 문자를 보낼 리 없다. 나는 문자를 다시 찬찬히 읽어 보았다. 글자 하나하나가 가슴에 쿡쿡 자국을 냈다. 엄마가 곁에 있어 주지 못해 미안하단다. 이건 상우 엄마가 아니라 내 엄마가 해야 어울리는 말이다. 어느 틈엔가 심장 박동이 빨라졌다. 게임을 계속하려고 키보드 위에 올려놓은 손이 제멋대로 뛰었다. 나는 마음을 진정시키기 위해 심호흡을 하고, 침을 삼키고, 고개를 흔들었다.

내겐 엄마가, 이런 문자를 보내올 엄마가 없다. 말했다시피 내가 처음 말한 단어는 '재개발'이지 '엄마'가 아니었다. 내가 알고 있는 엄마는 나를 낳아선 아빠가 군대에 간 새 할머니한테 던져 놓고 가 버린 사람이었다. 할머니 푸념 레퍼토리 3순위 안에 들어 있어 알게 된 이야기다. 그 말을 들을 때마다 어린 내가 벌거숭이인 채로 찬 바닥에 내동댕이쳐진 느낌이 들곤 했고 밖을 향해 부풀었던 고슴도치의 가시가 사정없이 속을 찔러 댔다. 그러면 기분이 더러워져 누구든 밟거나 패고 싶어졌다. 내 마음은 아랑곳하지 않고 또다시 문자가 왔다.

― 미안해. 엄마가 그동안 아팠어.

글자들이 픽픽, 가시에 찔려 상처 난 가슴팍을 때렸다. 내용상 상우 엄마가 아니다. 그럼 진짜 내 엄마라고? 나는 위험한 폭발물인 양 휴대폰을 침대 위로 던졌다. 잘못 온 문자다. 16년 동안이나 연락하지 않는 엄마는 없을 것이다. 하지만 아팠다면, 오랫동안 많이 아팠다면 그럴 수도 있지 않을까? 그래서 나를 키울 수 없던 건지도 모른다.

내 전화번호는 어떻게 알았지? 혹시 아빠와는 연락이 닿는 걸까? 아빠가 전화번호를 바꾸지 않는 게 엄마 연락을 기다려서라고 할머니가 말한 적이 있다. 내게 해 준 이야기가 아니라 아빠와 싸우면서 한 말이었다. 할머니는 그때 행여 아빠가 다시 엄마와 만나면 모자 인연을 끊을 거라고 했다.

가만, 아빠가 나가 사는 게 엄마 때문은 아닐까? 아빠와 엄마가 만나고 있다면 억울하긴 해도 기분 나쁘지는 않다. 생각은 계속 이어졌다. 아빠가 내게 말없이 스마트폰을 사 준 것도 수상했다. 그동안 속인 게 미안해선가? 아빠가 엄마한테 내 번호를 가르쳐 줬을 것이다. 그럼 왜 진작 알려 주지 않았지? 나를 버렸던 게 너무 미안해서? 아니면 아빠와도 이제 겨우 연락이 된 걸까? 그런데 왜 전화를 하지 않고 문자를 보낸 걸까? 그건 다행이다. 엄마와의 통화라니. 생각만 해도 기분이 이상하다.

이렇게 많은 생각을 한 건 태어나서 처음이다. 쇠파리 수백 마리가 날아다니는 것처럼 머릿속이 왱왱거렸다. 방 안을 서

성거리던 나는 거실로 나갔다. 휴대폰은 그대로 둔 채였다.

할머니는 거실에서 TV를 보며 밤을 까고 있었다. 마늘보다 냄새가 안 나서 좋았다. 나는 슬그머니 할머니 옆에 앉았다. 할머니가 깨진 밤을 건넸다. 마늘 까는 것보다 더 힘들다더니 엄지손가락이 부어 있었다. 다른 때 같으면 안 먹었겠지만 못 이기는 척 받아 들었다. 맛은 그저 그런데 오독오독 씹히는 느낌이 좋았다.

"12월부터 학원 다니는 거다."

할머니가 아까 하던 이야기를 다시 꺼냈다. 지금은 할머니와 공부나 돈 이야기가 아닌 다른 대화를 나누고 싶었다.

"종합반, 아님 단과반?"

나는 틈을 찾기 위해 순순히 대꾸했다.

"민주 엄마한테 물어봤더니 종합반 보내라던데."

민주는 반지하 방 살 때의 주인집 딸로 외고에 간 누나다. 할머니는 학교 공부에 관한 한 민주 엄마 말을 하느님 말씀처럼 여긴다.

"종합반은 비쌀 건데."

할머니가 다시 생각할 수 있게끔 슬쩍 흘렸다.

"그러게 무슨 놈의 학원비가 그렇게 비싸다니. 없는 집 새끼들은 공부도 하지 말라는 건지, 원. 니 아빠가 학원비 대 준다니까 농땡이 피우지 말고 열심히 공부해."

여전히 공부와 돈 이야기다. 나는 엄마 이야기를 하고 싶다.

"아빠 도대체 어디서 사는 거야? 혹시 여자랑 살림 차린 거 아냐?"

나는 노느니 단단한 밤 껍질을 벗기며 슬쩍 운을 떼었다. 겉껍질 벗기기는 쉽지 않았다.

"제발 그랬으면 좋겠네. 이 칼이 더 잘 들어."

할머니는 그만두라고 하기는커녕 쓰던 칼을 건네주었다.

"아빠 전화번호, 정말, 그래서 안 바꾸는 거야?"

나는 최대한 무심한 말투로 물었다. 할머니가 나를 힐끗 바라보았다.

"애비가 무슨 말 하던?"

"본 지가 언젠데."

"혹시라도 에미라고 생각하지도 마. 자식 낳아 팽개치고 한 번도 안 찾는 년이 무슨 에미야."

밤 속껍질을 벗기는 할머니 손길이 사나워졌다.

"무슨 사정이 있을 수도 있잖아."

"사정은 무슨. 제 살점이 뜯겨 나가도 자식 품고 있는 게 에미야."

할머니는 할아버지가 사고로 일찍 세상을 떠난 뒤 온갖 고생을 하며 아빠를 키운 것에 대한 자부심이 컸다. 더 있다가는 지겹도록 들어온 푸념 레퍼토리가 또 시작될 것 같아 얼른 일어섰다.

아무 소득 없이 방으로 돌아온 나는 문자부터 확인했다. 더 이상 문자는 오지 않았다. 왠지 실망스러웠다. 나는 망설이다 아빠한테 메시지를 보냈다. 할머니의 채근 없이 자발적으로 아빠에게 먼저 연락한 건 내 기억으로는 처음이었다.

　　– 할머니가 어떻게 지내는지 물어보래요.

　아빠는 메시지를 읽지도 않았다. 나는 참지 못하고 전화를 걸었다.
　"여보세요?"
　분명히 아빠 번호인데 여자가 받았다. 내 추측이 맞았다. 가슴이 벌렁거렸다.
　"바, 박상국 씨 휴대폰 아니에요?"
　"맞아. 너 현기지?"
　심장이 터질 것처럼 뛰었다.
　"마, 맞아요. 누……구세요?"
　"나? 니네 아빠랑 같이 일하는 사람. 너 한번 만나게 해 달래도 니네 아빠가 내 말 씹는다. 언제 놀러 와. 맛있는 거 사 줄게. 니네 아빠한텐 내가 이런 말 했다고 하지 말고. 어, 왔……."
　"왜? 또 무슨 사고 쳤냐?"
　여자 말이 다 끝나기도 전에 귀싸대기를 철썩 때리는 것 같은 아빠 목소리가 들려왔다. 나는 맥이 풀려 전화를 그냥 끊어 버리고 싶은 걸 간신히 참고 말했다.

"할머니가 전화해 보래요."

"노인네, 어제도 통화해 놓고 웬 안달이야. 학원비 보내 줄 테니 걱정 말라고 해. 너 이번에 또 허튼짓하면 죽을 줄 알아. 연말에 갈게."

아빠는 내가 대답도 하기 전에 전화를 끊었다. 자기는 이러면서 나보고는 할머니 말 잘 들으라고? 나는 휴대폰이 아빠인양 노려보았다.

게임도 시들해진 나는 침대에 누워 문자함을 다시 열어 보았다. 엄마가 곁에 있어 주지 못해 미안해 아들, 엄마가 그동안 아팠어. 문자가 음성으로 바뀌어 가슴에 들어찼다. 미안해 아들. 미안해. 미안해. 나는 아빠나 할머니한테, 아니 다른 누구한테도 제대로 된 사과란 걸 받아 본 적이 없다. 미안해 아들,이란 말은 오글거리면서도 슬펐고 따뜻하면서도 아팠다. 이런 감정이 처음이라 맞게 표현한 건지나 모르겠다. 나는 떨리는 손으로 그 번호를 저장했다. '엄마'라는 이름과 함께.

그 뒤로도 '엄마'는 계속 문자를 보내왔다. 햇살이 맑다느니, 무슨 음악을 듣고 있다느니, 밥 먹었는지, 무슨 반찬이랑 먹었는지, 춥지는 않은지, 목도리는 했는지, 마스크도 했는지, 같은 소소한 내용들이었다. 누군가 (엄마라 할지라도) 쓰레기 같은 내 삶에 대해 이토록 세세한 관심을 갖고 있다는 게 쑥스러우면서도 신기했다. 덕분에 아무것도 아니었던 일상이 조금은 소중하게 여겨졌다.

하지만 답장은 하지 않았다. 할머니나 아빠와 별일 아닌 일로 오순도순 대화를 나눠 본 경험이 없어 무어라 답을 해야 할지 난감했다. 할머니에게처럼 'ㅇㅇ''ㄴㄴ''ㅇㅋ'같은 문자를 보낼 수도 없었다. 한편으로는 16년이나 날 기다리게 한―그동안 내가 엄마를 기다려 왔음을 그제야 알아차렸다―엄마에게 복수한다는 쾌감도 느껴졌다. 엄마가 더 애타하면서 내 문자를 기다렸으면 좋겠다.

― 친구들하고도 잘 지내지? 혹시 애들이 우리 아들 괴롭히는 건 아니지?

엄마가 날 몰라도 너무 모르시네. 우리 반 놈들은 내가 무서워 감히 얼씬거리지도 못한다고요.

다음 날 점심시간, 밥 먹고 엎어져 자던 나는 책상이 확 밀리는 통에 교실 바닥으로 고꾸라졌다. 넘어지며 의자에 부딪힌 갈비뼈 쪽이 숨도 못 쉬게 아팠다. 어떤 새끼야? 열이 확 치민 나는 쌍욕을 하며 일어섰다. 장난치다 내 책상을 밀쳐 내고 바닥에 나뒹군 놈이 잔뜩 겁먹은 얼굴로 일어나고 있었다. 함께 놀던 놈들도 마찬가지로 바짝 언 표정이었다.

이것 보라고요. 누가 감히 날 괴롭히겠어요? 넘어졌던 놈은 내게 빵도 몇 번 뜯겼던 놈이다. 나는 한 손으로 놈의 멱살을 틀어쥐고 다른 쪽 주먹을 치켜들었다. 녀석의 얼굴이 하얗게 질렸다. 온갖 욕을 퍼부으며 주먹을 내리꽂으려는 순간 마음속에서 엄마 목소리가 들려왔다. 친구들하고도 잘 지내지? 친구들하고도 잘 지내지? 멱살을 틀어쥔 손과 주먹 쥔 손에서 스르르 힘이 빠져나갔다.

　방학이 됐다. 학교와 집을 오가던 생활이 학원과 집으로 바뀌었을 뿐 달라진 건 없었다. 학원 다니는 일이 곧 돈과 시간을 낭비하는 일이었지만 등·하원 기록이 득달같이 아빠 휴대폰으로 전송되니 땡땡이를 칠 수도 없었다. 하긴 학원 빠지고 갈 데도 없었다. 학원에서 얻은 거라곤 수업 시간에 하도 듣다 보니 고등학교 교실에 앉아 있는 내 모습을 조금은 상상할 수 있게 된 것뿐이다.

　마지막 시간이 끝나기가 무섭게 나는 휴대폰을 꺼냈다. 엄마로부터 온 새 문자는 없었다. 허전한 기분으로 학원 버스를 타러 갔다. 매서운 겨울바람이 목덜미뿐 아니라 마음속으로 파고들었다. 학원 버스를 탄 나는 스마트폰을 뒤적거리다 친구 추천 목록에서 예니라는 아이의 대문사진을 보았다. 강아지를 안은 사진 속 아이는 딱 내 스타일이었다. 상우 자식의 지인일 테지만 호기심이 솟구쳤다.

　나는 친구 추가를 한 다음 예니의 카카오스토리를 열어 보았다. 역시! 셀카 사진들은 나를 실망시키지 않았다. 이런 여친이 있다면 세상이 무지개 색으로 빛날 것만 같았다. 예니의 일상을 더 훔쳐보기 위해 화면을 올리던 나는 손을 멈추었다.
상우야,로 시작하는 꽤 긴 글 때문이었다. 둘이 사귀는 거 아
냐? 김이 팍 샜지만 심심풀이 삼아 그 글을 읽기 시작했다.

상우야

오늘 엄마랑 니네 엄마한테 다녀왔어.

네가 하늘나라로 갔다는 것만 기억하지 못할 뿐

아줌마는 건강하셔······. 그럼 안 건강하신 건가?

엄마가 그러는데 아직 아줌마는 네가 세상에

없다는 걸 받아들일 준비가 안 된 거래.

나도 처음엔 그랬으니까. 지금도 가끔씩

네가 없다는 걸 잊곤 해.

지금도 이렇게 글을 올리면 네가 금방이라도

댓글을 달 것 같아. 그러진 못해도 내 글은 읽을 수 있지?

상우야,

모레가 크리스마스야.

하늘나라에서는 아프지 말고 즐겁게 지내.

거기서도 선물 많이 받고, 네가 좋아하는

첼로 연주로 사람들을 행복하게 해 주는

크리스마스 되길 바라.

메리 크리스마스!

너의 영원한 절친 예니가

이게 뭐지? 잠시 세상이 텅 빈 것처럼 고요하더니 곧 무언가 마음과 몸 상관없이 날 마구 두드렸다. 그 소리가 귓가에서도 퍽퍽, 들려왔다. 내 휴대폰 번호의 전 주인은 세상에 없는 아이였다. 나는 망설이다 예니의 글을 다시 보았다. 어제 올린 그 글에는 상우를 추억하거나 명복을 비는 댓글들이 달려 있었다. 하나같이 따뜻하고 진심이 담긴 내용들이었다. 상우는 이곳에 없는 지금은 물론 살아 있을 때도 나와 다른 세상의 아이였다.

나는 전화기 든 손을 떨군 채 멍하니 차창 밖을 내다보았다. 여기저기 크리스마스를 알리는 조명이 빛나고 있었지만 아무런 느낌도 들지 않았다. 크리스마스는 내게 특별한 날이 아니라 여러 노는 날 중의 하루일 뿐이었다.

어린이집 다닐 때 나는 이미 산타 할아버지가 기사 아저씨이며 내가 받은 로봇 또한 할머니가 사 보낸 선물이라는 사실을 알고 있었다. 내 동심을 지켜 주는 일 따위에는 관심 없는 할머니 덕분이었다. 그래서 나는 아무런 고민 없이 다른 아이들의 동심도 깨부술 수 있었다. 한창 선물을 나눠 주는 중에 내가 산타 할아버지와 선물에 대한 진상을 밝히자 어른들은 화를 냈고 어떤 아이는 울기까지 했다. 아이들이 선물을 풀고 있을 때 나는 원장실 한구석에서 사실을 말한 죄로 벌을 섰다.

나는 선물을 받고 첼로 연주를 하며 보내는 크리스마스가 어떤 건지 알 수 없었다. 상우에게 빙의를 해 봐도 드라마나 영화의 한 장면 같을 뿐 실감 나지 않았다. 어쩌면 영원히 알 수 없을지도 모른다. 그 생각은 나를 쓸쓸하게 만들었다. 그때 손에 쥐고 있던 휴대폰이 울렸다. '엄마'였다. 처음 문자를 받던 날처럼 가슴이 뛰었다.

- 아들, 춥지?
갑갑해도 목도리 꼭 하고 다녀.
장갑도 꼭 끼고 따뜻한 물 자주 마시고
엄마가 옆에 있으면 챙겨 줄 텐데…….

나는 학원 버스가 아파트 단지 앞에 설 때까지 그 문자를 보고 또 보았다. 흔들리는 차 안에서 부릅뜨고 계속 보았더니 눈이 아팠다. 얼마나 아픈지 눈물이 나왔다. 버스에서 내리니 눈이 오고 있었다. 고개를 젖히자 차가운 것이 얼굴에 닿았다. 뜨겁게 달아오른 얼굴의 열기에 눈은 곧 물로 변했다.

터벅터벅, 집을 향해 걷고 있는데 단지 광장에 세워진 크리스마스트리 주위에서 엄마와 함께 나온 꼬마 아이들이 노래를 부르며 뛰어놀고 있었다.

울면 안 돼. 울면 안 돼. 산타 할아버지는 우는 아이에게 선물을 안 주신대.
산타 할아버지는 알고 계신대. 누가 착한 아인지 나쁜 아인지……

꼬마들은 자기들이 부르는 노래를 철석같이 믿는 얼굴이었다. 트리를 휘감은 조명이 아이들과 함께 노래하는 것처럼 반짝거렸다. 나는 멈춰 선 채 멍하니 그 풍경을 바라보았다.
할머니나 아빠는 왜 내게 산타 할아버지가 있다고 믿게 해주지 않았을까? 산타 할아버지는 누가 착한 아인지, 나쁜 아인지 다 안다는 걸 어째서 말해 주지 않았을까? 그럼 산타 할아버지에게 잘 보이기 위해서라도 한두 번쯤은 착한 일도 했을 텐데. 중요한 것을 빼앗기고 살아온 것처럼 억울하고 슬펐다. 또다시 문자가 왔다.

– 크리스마스에도 함께하지 못해서 미안해 아들. 엄마가 많이 많이 사랑해.

고개를 숙였지만 얼굴 위로 눈은 계속 떨어졌고 물이 돼 뺨 위로 흘렀다. 미안해 아들. 엄마가 많이많이 사랑해. 미안해 아들. 엄마가 많이많이 사랑해……. 그 말이 메아리처럼 가슴 속에서 울려 퍼졌다.

나는 심호흡을 했다. 그리고 스스로에게 말했다. 나는 셔틀이니까. 셔틀을 꼭 돈이나 휴대폰 같은 것만 하라는 법은 없으니까. 마음이나 생각, 뭐 그런 것도 할 수 있는 거니까.

얼굴의 물기를 쓱 닦아 낸 뒤 나는 처음으로 '엄마'에게 답 문자를 쓰기 시작했다.

 ─ 엄마, 제 걱정은 마세요. 저는 다 괜찮아요. 메리 크리스마스!

검은 거울

환상이나 마법 같은 걸 믿지 않는다면 이 글을 읽지 않는 게 좋겠다. 그런 사람들은 내 이야기를 거짓으로 여길 게 분명하니까. 나는 지금 내게 벌어진 일만으로도 머리가 터질 지경이어서 남들과 실랑이를 벌일 여력이 없다.

쳇바퀴에 올라탄 햄스터처럼 집, 학교, 학원, 집, 학교, 학원을 무한 반복 오가는 내 삶은 유리병 속에 든 것처럼 훤히 보인다. 그런 일상 속에서 사건의 단서를 찾아내기란 쉽지 않다. 하지만 모든 일에는 그 원인 속에 해결의 열쇠도 함께 숨어 있는 법이라고 '수린 님'이 말했다. 이제부터 정신 바짝 차리고 내 행적과 주변 일에 돋보기를 들이대 보아야만 한다. 시기를 언제부터 잡아야 할지 몰라 나는 며칠 전부터 되짚어 보기로 한다.

혹시 그저께—가 정확한 건지는 모르겠지만—새로 생긴 분식집에서 먹은 떡볶이에 마법의 묘약이 숨어 있던 걸까? 입에 불이 나는 것처럼 매운데도 먹는 걸 그칠 수가 없었다. 그렇다면 어젯밤, 입에 넣자마자 사르르 녹아 없어지던 블루베리 치즈 케이크도 수상하다. 엄마가 평소에는 비싸다고 절대 사 주지 않던 조각 케이크였다. 그걸 한 개도 아니고 무려 네 개나 사 온 것이다. 아빠는 출장 가고 오빠는 수학여행 가서 나만 있을 때 말이다. 살짝 감동하려는 순간 엄마가 아파트 상가 빵집에서 1주년 기념으로 1+1 행사 중이라고 했다. 음식에 혐의를 두자면 그 밖에도 얼마든지 더 있었다.

또 의심 가는 건 날씨다. 어제 점심시간, 갑자기 더워져 여자애들은 스커트 자락을 펄렁거리고 남자애들은 넥타이를 풀거나 셔츠 소매를 걷어붙였다. 그러곤 아무거나 집어 들어 부채질을 해 대며 날씨가 미친 모양이라고 투덜거렸다.

혜주가 이런 기상 현상을 인디언 서머라고 한다며 아는 척했다. 겨울이 오기 전 잠깐 찾아오는 더위를 말한다나. 미국에서 흔한 현상이라 인디언 서머라고 한단다. 미국에서는 그런지 몰라도 여기는 한국이다. 북극의 빙하가 녹고, 아프리카에서 때 아닌 눈이 내릴 만큼 뒤죽박죽이 된 지구촌 날씨지만 12월이 코앞인 때에 덥다면 우리나라에서는 기이한 일이 분명하다. 기상 박사라도 된 양 떠들어 대는 혜주를 홀린 듯 바라보던 승진이가 생각나자 저절로 고개가 저어졌다. 날씨 때문이라면 우리나라 사람 모두한테 이런 일이 일어나야겠지.

그게 아니라면 마음 때문일까?

"오늘까지 수행 평가 과제 제출 안 한 사람들은 일어나."

5교시에 들어온 국어 선생님이 말했다. 안 한 게 아니라 못 한 나는 억울한 생각이 들어 미적거렸다. 나 같은 경우의 애가 분명히 더 있을 테니 그 아이들에게 은근슬쩍 묻어갈 생각이었다.

과제는 자기가 좋아하는 작가에게 메일 보내서 답장받기였다. 당연히 나는 판타지로맨스 소설가 수린 님에게 썼다. 메일 주소는 요즘 빠져 있는 소설 『달빛 아래 포도 정원』 책 날개에 나와 있었다. 하지만 답장이 오지 않았다. 수행 평가 과제라고, 답장 꼭 부탁한다고 너무 노골적으로 써서 기분이 상했나? 수신 확인이 안 되는 도메인이라 내 메일을 보기는 했는지조차 알 수 없었다.

그런데 과제 제출을 안 했다고 일어서는 아이도, 나와 같은 경우의 아이도 없었다. 이럴 수가. 나는 선생님이 채근해서야 쭈뼛거리며 일어섰다.

"저는 안 한 게 아니라 못 한 거예요. 메일을 보냈는데 답장이 안 왔단 말이에요."

나는 목소리에 억울함을 꾹꾹 눌러 담은 채 말했다.

"그걸 지금 변명이라고 하고 있어? 다른 애들은 다 냈잖아."

선생님이 코웃음 쳤다. 아이들이 답장 잘 해 주는 작가에게 이리저리 몰려다닐 때도 일편단심 수린 님만 바라보고 있었는데 이렇게 배신을 당할 줄이야.

복도에 그냥 서 있는 것도 창피한 일인데, 무려 물구나무로 서 있기가 벌이었다. 반 아이들 모두가 나만 아니면 된다는 심보로 정한 거라 누구를 원망할 수도 없었다. 나 역시 내가 그 벌칙의 유일한 희생양이 되리라곤 생각하지 못했으니까. 치마 차림인 거야 속에 체육복 바지를 입으면 되지만 물구나무를 어떻게 서냐고요.

나는 최대한 불쌍한 표정으로 아이들에게 도움을 요청했다. 이 신체 모욕적인 벌에 대해 선생님께 항의해 주기를. 하지만 학생이라면 응당 지녀야 할 항거 정신을 가진 아이는 단 한 명도 없었다. 구경꾼 모드로 전환한 아이들과 다른 구석이라곤 조금도 없는 승진이의 얼굴이 내 심장을 찔렀다.

이번 주 별자리 운세에서 이름을 널리 떨치게 될 거라더니 딱 맞았다. 물구나무를 한 번도 서 본 적 없는 나는 분명히 거듭되는 시도와 실패만으로도 웃음거리가 돼 주나정이란 이름을 학교 만방에 떨치게 될 것이다. 열다섯 살이 되도록 남의 들러리만 서는 인생이었는데 이런 일로 주목받게 될 줄이야.

아무리 느릿느릿 걸어도 문까지의 거리는 너무 짧았다. 아이들이 우르르 일어나서 내 뒤를 따르는데도 선생님은 제지

하지 않았다. 마치 중세 시대로 돌아가 마녀사냥을 앞둔 기분이었다. 문을 열면 복도가 아니라 광장이 기다리고 있을 것 같았고, 그곳에서 나는 물구나무를 서는 게 아니라 단두대에 매달릴 것만 같았다. 아니면 화형에 처해지든지.

제발 나 아닌 다른 사람이 되게 해 달라고 빌며 무쇠 방망이처럼 무거워진 팔을 최대한 천천히 뻗었다. 그때 갑자기 문이 활짝 열리며 누군가 나타났다. 그 사람을 본 나는 눈이 휘둥그레진 채 그대로 굳어 버렸다. 나였다! 내 앞에 또 내가 서 있었다. 잠시 뒤 간신히 정신을 차리고 주위를 둘러보았다. 방금 전까지 교실이었던 곳이 놀랍게도 우리 집 거실로 바뀌어 있었다. 내가 둘이 되다니. 지금 이게 무슨 상황이지?

"늦었잖아! 여태 안 깨우고 뭐 했어?"

내가 또 다른 나, 아니, 또 다른 내가 나한테 소리를 빽빽 질렀다. 벽시계를 보니 늦긴 늦었다. 이 시간이면 이미 교문 건너편 횡단보도에 서 있어야 했다. 하지만 다른 행성에 불시착이라도 한 듯 어안이 벙벙해진 나는 아무 말도 하지 못했다.

판타지 소설을 너무 많이 읽어서 머리가 어떻게 된 건지, 아니면 숙제 걱정에 꿈을 꾸는 건지, 꿈이라면 지금 이 상황이 꿈인지 교실에서의 일이 꿈인지 혼란스러웠다. 확실한 건 이 상황을 어리둥절해하고 있는 내가 진짜 나이니 얼른 씻고 학교엘 가야 한다는 사실이다. 찬물로 세수를 하면 정신이 들어 상황을 제대로 볼 수 있을지 몰랐다. 내 행세를 하는 '또나'—나는 내 앞에 있는 나를 그렇게 부르기로 했다—에 대한 조치는 세수를 하고 나온 뒤에도 남아 있으면 그때 취하기로 했다.

"내 체육복 어딨어?"

또나가 내 등 뒤에 대고 소리쳤다. 가짜 주제에 어디서 큰소리야. 그리고, 내가 모르는 걸 나한테 물으면 어떻게 하겠다는 거야. 또나는 나와 겉모습만 같지 머리는 안 닮은 모양이라고 생각하며 욕실로 들어가 거울을 보는 순간 기절초풍했다. 거울에 비친 건 내가 아니라 목이 늘어진 오빠 티셔츠를 입은 엄마였다. 내 몸을 내려다보니 거울 속 모습과 같았다. (이게 내게 벌어진 이상한 일이다.)

나는 얼른 욕실 문을 잠그고 내가 정말 거울 속 엄마인지 확인해 보았다. 내가 팔을 들면 거울에 비친 엄마도 팔을 들고, 머리를 흔들면 같이 흔들고, 얼굴을 찡그리면 동시에 찡그렸다. 그러니까 내가 둘인 게 아니라 나와 엄마가 바뀐 것이다. 세상에! 소설이나 영화에서나 일어날 법한 일이 내게 생기다니. 그것도 꼼짝없이 승진이 앞에서 물구나무를 서야 하는 순간에. 앞으로 무슨 일이 일어날지 몰라도 그 상황을 모면한 것만은 큰 행운이다.

"나 씻어야 한단 말이야. 빨리 나와!"

또나가 문을 쾅쾅 두드리며 소리를 꽥꽥 질렀다. 안방 화장실도 있고만. 그런데 나는 엄마와 내가 바뀐 걸 알아차렸는데, 또나는 자기가 엄마인 걸 모르는 것 같다. 지금 내게 벌어지고 있는 일이 판타지라면 반드시 그 세계 나름의 법칙과 질서가 있을 것이다.

자기가 엄마인 걸 모르는 또나한테 내가 진짜 나라고 하면 미쳤다고 할 테지? 설령 또나가 사실을 안다고 해도 엄마 모습을 한 내가 학교에 갈 수는 없다. 나 대신 또나가 학교에 가는 것도, 자기가 엄마인 걸 모르는 것도 내 입장에서는 나쁘지 않았다. 내게 생긴 이 놀라 자빠질 일에 대해선 또나를 일단 학교에 보내 놓고 생각해 보기로 했다. (지금 그걸 하고 있는 거다. 어디에 단서가 숨어 있을지 모르니 꼼꼼히 되짚어 봐야 한다.)

수건으로 물기를 닦고 욕실을 나온 나는 안방 화장실에서 씻고 나오던 또나와 맞닥뜨렸다. 엄마와 바뀐 사실을 아는데도 막상 또나를 보자 도플갱어라도 만난 듯 흠칫 놀랐다. '왜 저래?' 하는 듯한 표정에 민망해진 나는 또나의 이마를 장난스레 쥐어박았다. 또나가 인상을 확 찌푸렸다. 평소에 엄마가 내 이마를 쥐어박을 때마다 무시당하는 것 같아 엄청 싫었다. 그 생각이 나 미안해진 나는 식탁 위에 밥 대신 시리얼을 내놓았다. 가뜩이나 늦었는데 뜨거운 국이나 찌개와 함께 밥을 차려 놓는 건 딱 질색이다.

"어쩐 일이야? 아침엔 꼭 밥 먹어야 한다면서."

또나가 식탁 앞에 앉으며 이상하다는 듯 나를 힐끗 쳐다보았다. 서로 바뀐 사실을 한쪽만 알게 한 건 무슨 까닭일까? 이유를 알 때까지는 죽이 되든 밥이 되든 엄마 노릇을 해야 할 것 같다.

"어, 오늘은 늦었잖아."

나는 어린 시절 소꿉놀이할 때처럼 엄마 연기를 했다. 유치원 친구들과 서로 엄마를 하겠다고 싸우기까지 했던 일이 떠올랐다. (설마 그래서 지금? 에이, 그건 아니다.)

우유에 탄 시리얼을 퍼먹으며 또나가 휴대폰을 들여다보았다. 나도 모르게 보지 말라고 소리치려다 꿀꺽 삼켰다. 아, 엄마가 친구들과 주고받은 카톡 내용이며 사진들을 다 볼 텐데. 참자. 뭐가 어떻게 된 건지 알아낼 때까지 불필요한 혼란을 야기해서는 안 된다.

엄마가 내 휴대폰을 차지한 것보다 더 짜증 나는 일은 엄마의 구닥다리 폴더폰을 써야 한다는 사실이다. 또나는 데이터도 얼마 안 남았는데 자꾸만 무얼 검색하고 있다. 뿐만 아니라 시간도 계속 흘러가고 있었다. 지각하면 벌점을 받을 테고 30점이 넘으면 화장실 청소를 해야 한다. 내 벌점은 지금 25점인가 그렇다.

"늦었는데 빨리 먹지 않고 뭐 해?"

나는 몸이 달아 재촉했다.

"알아서 하니까 신경 꺼."

또나가 퉁명스레 대꾸했다. 말하는 싸가지하고는.

"벌점 넘으면 화장실 청소하잖아."

"엄마가 하는 것도 아니잖아. 수린 님은 왜 답장 안 해 주는 거야? 오늘까지 안 내면 벌받는데, 짜증 나."

또나가 투덜거렸다. 뭐야, 그럼 다시 오늘이 시작되는 건가? 설마 오늘이 무한 반복되는 건 아니겠지? 어쨌거나 학교에서 조금 전의 꿈인지 실제인지 모를 그 상황이 다시 시작되더라도 망신은 내가 아니라 엄마인 또나가 당할 것이다. 엄마도 물구나무를 서며 학생 노릇이 얼마나 힘든지, 학교란 곳이 얼마나 불합리한 곳인지 뼛속 깊이 느껴 봐야 한다. 그동안 나를 밥이나 축내는 잉여인간 취급하던 엄마를 생각하면 아주 잘된 일이다.

또나가 아파트를 무너뜨릴 기세로 현관문을 닫고 나가 버린 뒤 집엔 나 혼자 남았다. 그리고 지금까지 고심한 결과 나는 이 일이 일어난 원인에 대해 '마음' 쪽으로 심증을 굳혔다. 나는 초딩 때부터 사실적인 동화보다는 판타지 동화를 더 좋아했다. 따분한 일상을 동화로 또 보는 건 끔찍한 일이다. 그동안 읽어 온 경험으로 볼 때 판타지 작품들엔 반드시 환상의 세계로 가는 통로가 있었다. 벽장, 맨홀, 거울, 문……, 많고 많았지만 중요한 건 물리적인 통로보다는 현실을 벗어나고자 하는 등장인물들의 절실함이었다. 교실 문을 열 때 나는 내가 다른 사람이기를 얼마나 간절히 바랐던가.

그런데 그저 기도만으로? 그런 상황은 전에도 많지 않았나? 선착순 달리기가 죽을 만큼 싫었던 체육 시간에 나는 나무 그늘에서 우는 매미가 되기를 간절히 원했다. 학원 쪽지 시험에서 틀린 개수만큼 손바닥을 맞기 전에도, 복도에서 뛰다 미끄러져 자빠졌을 때도 나는 다른 무엇으로 바뀌길 열렬히 바랐다. 혹시 기도에도 포인트 제도가 있는 건가? 벌점이 쌓이면 교내 봉사를 해야 하는 것처럼 기도도 일정량이 쌓이면 들어주는.

명쾌하지는 않지만 일단 그렇게 생각하기로 했다. 그런데 왜 하필 내게 이런 일이? 나만 그런 절실함을 가진 건 아닐 텐데 말이다. 나는 우뚝 멈춰 섰다. 내가 엄마와 바뀌는 순간 다른 아이들에게도 같은 일이 벌어졌을 수도 있다.

확인해 보면 되지, 뭐. 하지만 내 휴대폰은 또나가 갖고 갔다. 친구들 전화번호를 떠올려 보았으나 기억나는 게 없었다. 엄마가 돼서 그런 건지 애초에 외우는 번호가 없어선지 알 수 없었다. 휴대폰 번호와 메일 주소가 나와 있는 반 카페를 검색하려 했지만 컴퓨터에 걸어 놓은 암호가 떠오르지 않았다. 시간이 지나자 절전 모드로 바뀐 검은 화면에 엄마 얼굴이 비쳤다. 깊은 어둠에서 떠오른 듯한 엄마 모습에 깜짝 놀란 나는 노트북을 덮어 버렸다.

나는 거실로 나왔다. 엄마와 바뀐 건 알게 하면서 다른 사실은 기억나지 않게 만든 건 치사한 짓이다. 어차피 바뀔 바엔 승진이가 좋아하는 혜주하고나 바뀔 일이지. 아니다. 혜주가 내가 돼, 나는 물론 우리 집까지 속속들이 알게 되는 건 싫다. 침소봉대의 달인인 엄마가 내 학교생활을 세세히 아는 것도 싫기는 마찬가지지만.

엄마를 부러워한 적도 있긴 했다. 돈도 맘대로 쓰고, 장식장 안에 모셔 둔 예쁜 그릇도 막 사용하고, 공부도 안 해도 되는 엄마 역할이 이 세상에서 제일 좋아 보였다. 하지만 그런 유치한 생각은 초딩 3학년까지만이었다. 이제는 절대로, 푹 퍼진 모습으로 잔소리나 해 대고 남은 반찬을 거둬 먹는 엄마처럼 되고 싶지 않았다. 설마 엄마라는 자리가 얼마나 힘든지 경험해 보라고 이런 일이 생긴 건 아니겠지. 얼핏 든 생각에 나는 냉소를 머금었다.

이거 왜 이러셔. 엄마의 헌신과 사랑에 대한 고마움 따위를 깨닫길 바라는 거라면 번지수가 틀렸다. 오히려 엄마가 이번 일을 통해 대한민국에서 학생으로 살고 있는 자식의 고달픔을 경험해 보고 그동안 들볶은 것을 뼈저리게 반성해야 한다.

그나저나 내가 엄마로 지내는 기간은 언제까지일까? 영원히 바뀐 채로 사는 건 아니겠지? 안 돼! 5년만 견디면 스무 살인데. 대학생이 되면 이 지긋지긋한 공부와 간섭에서 벗어날 수 있다. 그때부터 마음껏 멋 부리고 연애하고, 유럽 배낭여행도 하고, 졸업한 뒤에는 대기업에 취직해 월급을 마음대로 쓰며 멋진 오피스텔에서 살 것이다. (엄마가 내게 바라는 바이

기도 하다.) 그런데 황금 같은 그 시간들을 누려 보지도 못한 채 엄마가 돼 구질구질하게 살아야 한다니. 열다섯 살에서 마흔여섯 살이 돼 버린 거다. 잃어버린 내 31년을 돌려줘!

나는 거실 바닥에 주저앉아 머리털을 쥐어뜯었다. (그렇게 해서 뽑힌 머리털을 모아 아빠의 빈 정수리에 심어 주면 효녀상도 탈 것이다.) 무심코 고개를 드는데 꺼져 있는 텔레비전의 검은 화면에 엄마 모습이 비쳤다. 머리가 부스스한 아줌마가 나렸다. 마치 미래의 내 모습을 예언하는 것 같아 나는 허겁지겁 머리를 매만졌다.

호랑이 굴에 가도 정신만 차리면 산댔는데. 무슨 연유에서 엄마가 됐는지 모르겠지만 진짜 나로 돌아갈 날이 반드시 올 것이다. 그때까지의 시간을 행운으로 만들지 불운으로 만들지는 내 몫이다. 환상적인 로맨스가 펼쳐지는 달빛 포도 정원은 그 존재를 믿는 사람들에게만 열린다,고 수린 님이 소설에서 말했다. 내게도 그 문이 열린 것이다. 달달한 로맨스 대신 엄마와 바뀌는 어처구니없는 일이 일어났지만 심장 뛰는 일인 것은 분명하다. 이참에 옷도 사고, 신발이랑 가방도 싹 바꿔야지. 엄마가 딸 사 주는 건데 누가 뭐래. 엄마는 원래 뭐든지 자식부터 챙기는 거라고.

그때 전화벨이 울렸다. 내 번호와 함께 공주라고 떴다. 평소에 공주 대접이나 좀 해 줘 보라지, 싶으면서도 싫지는 않았다. 또나가 신주머니를 놓고 왔다며 아파트 현관으로 가져오

라고 했다. 엄마가 됐으니 그 정도는 해 줘야지. 실내화 미착
용도 벌점 대상이다. 벌점만 더 쌓아 놓고 제자리로 돌아오면
화장실 청소는 꼼짝없이 내가 해야 한다.

나는 부리나케 신주머니를 찾아 들고 엘리베이터를 탔다.
기껏 가져다줬더니 또나는 고맙다는 말도 없이 신주머니를
낚아채 들고 가 버렸다. 또나는 실제 나보다 더 못된 것 같다.
저러다 큰코 좀 다쳤으면 고소하겠다 싶다가도 그게 나니 마
냥 바랄 수도 없었다.

엘리베이터를 타려는데 102호 문이 열리며 할머니가 나왔
다. 어쩌면 할머니도 누군가와 바뀌었을지 모른다. 그리고 그
사실을 나처럼 알고 있을 수도 있다. 나는 떠보기 위해 엘리
베이터 버튼을 누른 채 인사했다.

"안녕하세요?"

"딸내미가 또 뭘 두고 갔나 보네."

또라니, 몇 번이나 된다고. 그동안 엄마가 내 흉을 많이 본
모양이다.

"네. 신주머니를 두고 갔네요."

나는 쓴웃음을 지으며 말했다. 그러곤 진짜 궁금한 걸 물
었다.

"할머니, 별일 없으세요?"

"늙은이한테 죽는 일 말고 별일 있을 게 뭐 있어. 그날이 그
날이지. 하루해는 왜 또 그렇게 긴지……."

할머니의 이야기가 길어지려고 해 나는 가스레인지 위에 뭘 올려놨다는 핑계를 대곤 엘리베이터에 탔다. 광고가 박힌 거울 속에 내가, 아니 엄마가 보였다. 당장 후줄근한 옷부터 갈아입어야겠다.

집으로 돌아온 나는 안방 옷장부터 열어 보았다. 아빠 옷을 보자 아빠와 오빠가 돌아오는 모레까지 바뀌지 않으면 어쩌지? 하는 걱정이 들었다. 그들이 나한테 여보, 엄마라고 부르는 상상만으로도 온몸에 닭살이 돋는 것 같았다. 옷장 안의 엄마 옷은 죄다 낡았거나 촌스러웠다. 입을 수도 없는 것들을 왜 안 버리고 모셔 두나 몰라. 나는 서랍장을 뒤져 엄마가 가까운 데 나갈 때 입는 옷들 중에서 비교적 괜찮은 것으로 갈아입었다.

화장대 거울을 보자 눈가에 기미가 내려앉은 민낯이 거슬렸다. 나갈 일은 없지만 화장도 하기로 했다. 눈썹을 그리거나 비비크림, 립스틱을 바르는 정도는 어렵지 않았다. 그런데 화장품도 몇 가지 없는 데다, 있는 것도 오래된 것들뿐이었다. 이렇게 초라한 화장대가 어릴 때는 꿈의 공간으로 여겨졌다니. 아무튼 가릴 곳은 가리고 그릴 곳은 그리고 나자 훨씬 더 생기 있어 보였다. 이게 뭐가 어렵다고. 유치원 다닐 때 맨얼굴로 마중 나오는 엄마가 얼마나 창피했는지 모른다. 잠깐 동안이라도 나는 그렇게 무신경하고 게으른 엄마는 되지 않을 것이다.

아침 내내 머리를 썼더니 골치가 아팠다. 좀 쉬어야겠다. 나는 소파에 길게 누웠다. 비로소 느닷없이 생긴 자유가 실감 났다. 1교시가 시작됐을 걸 생각하자 기분이 더 좋아졌다. 나는 느긋한 마음으로 TV를 켰다. 지상파 채널에서는 재미없는 뉴스와 체험 프로그램과 토크쇼와 아침 드라마를 했다.

드라마는 3분 만에 어떤 내용인지 파악이 됐다. 엄마가 친구나 이모와 아침 드라마 이야기 하는 걸 들은 적이 있다. 식구들을 회사와 학교라는 전쟁터로 내보내 놓고 이렇게 유치한 막장 드라마나 보고 있다니. 나는 엄마가 한심해 혀를 찼다.

리모컨으로 채널을 돌리다 홈쇼핑에서 멈췄다. 워킹화를 판매 중이었는데 다다음 주 체험학습 갈 때 신으면 좋을 것 같았다. 쇼핑 호스트가 매진 임박이라며 호들갑을 떨었다. 초조해진 나는 부랴부랴 엄마 지갑에서 카드를 꺼내 그 신발을 주문했다. 신기하게도 카드의 비밀번호를 알고 있었다. 신이 난 나는 채널을 돌려 가며 군침 돌게 만드는 냉동 탕수육과 갖가지 색의 매니큐어 세트도 주문했다. 또 한 군데서는 옷을 팔았다. 중년 아줌마들이 입으면 젊고 세련돼 보일 것 같은 윗도리 두 개, 바지 두 개에 39,900원이었다.

나는 내가 입은 옷을 내려다보며 망설였다. 언제 나로 돌아갈지 모르는데 계속 이런 차림으로 있고 싶지 않았다. 하지만 또 지금이라도 당장 바뀔지 모를 엄마 옷을 사느라 돈을 쓰고 싶지도 않았다. 엄마 역시 본인 스타일도 아닌 옷을 사는 건 원치 않을 것이다.

기분 좋게 쇼핑을 마치고 더 뒹굴거리고 싶었으나 지저분한 집이 신경 쓰였다. 엄마가 됐으면서 너무 뺀질거리면 진짜 나로 돌아가는 시간이 늦어질지 모른다. 나는 설거지와 청소를 하고 세탁기를 돌렸다. 그동안에도 나는 TV를 끄지 않았다. 검은 거울에 엄마인 내 모습이 비치는 게 싫었다.

청소는 청소기가 하고 빨래는 세탁기가 하는데도 체육 시간에 800미터 달리기를 하는 것보다 더 힘들었다. 그 사이사이, 가스 검침원도 다녀가고, 휴대폰 교환과 보험 가입을 권유하는 전화를 받았다. 이참에 스마트폰으로 바꿀까 하다가 참았다. 그럴 돈이 있으면 내 걸 하나라도 더 사야 한다.

빨래를 널고 있는데 전화가 왔다. 은빈맘이라고 떴다. 옆 동에 사는 초등학교 동창 은빈이와는 중학교도 같지만 우리보다는 엄마들끼리 더 친했다. 처음엔 안 받으려다가 집으로 찾아올지 몰라 휴대폰 폴더를 열었다.

"나정아, 뭐 해?"

다짜고짜 하는 말에 나는 아줌마가 우리 모녀의 비밀을 아나 싶어 찔끔했다.

"처, 청소해……요."

"사거리 마트에 안 갈래?"

"왜, 왜……요?"

"나정 엄마 갑자기 왜 존댓말은 쓰고 그래. 누구 있어?"

그제야 나는 아줌마들끼리 자기 이름이 아니라 아이들 이름으로 부른다는 걸 기억해 냈다. 우리도 마찬가지로 대부분 친구 이름을 붙여서 ○○아줌마라고 불렀다. 아무튼 아줌마에게 엄마와 내가 바뀌었다는 걸 들키면 안 된다.

"아, 아니."

"사거리 마트에서 세일한대. 같이 가자."

괜히 만났다가 비밀이 들통 날 수도 있다. 그러면 진짜 나로 돌아가는 일에 문제가 생길지도 모른다. 이 기이한 일이 어떻게 진행될지 모르니 일단은 뭐든지 조심할 필요가 있다.

"아니 오, 오늘은 손님이 온다고 해서……."

"알았어. 갔다가 괜찮은 거 있으면 전화할까, 나정아?"

사양하고 싶었지만 이상하게 여길까 봐 그러라고 했다.

무사히 통화를 마친 나는 안도하며 전화를 끊었다. 언뜻, 엄마들은 아무리 자식이라도 남의 이름으로 불리는 거 싫지 않나, 하는 생각이 났다. 학교에서 번호로 불릴 때, 내가 '주나정'이라는 한 인간이 아니라 공장에서 찍혀 나오는 제품 같은 느낌이 들곤 했다.

집안일만으로 오전이 후딱 지나갔다. 급식 먹을 시간이 다가오자 배가 고팠다. 나는 전기밥솥에 조금 남아 있는 밥을 물에 말아서 김치와 함께 먹었다. 반찬은 부실했지만 혼자 조용히 점심을 먹는 것도 나쁘지 않았다.

문득, 엄마와 내가 바뀌었던 5교시가 다가오고 있다는 사실이 생각났다. 내게 일어난 판타지가 오늘이 반복되는 시스템이라면, 그 시간이 돼 다시 진짜 나로 돌아가 물구나무를 서야 한다면, 오전 내내 집안일을 한 나로선 억울하기 짝이 없는 노릇이다. 무언가 보상이 필요했다. 조급해져 홈쇼핑 채널을 돌려 보았지만 이불이나 프라이팬, 아이들 책, 보험 같은 것만 팔 뿐이었다.

나는 엄마 지갑에서 돈을 몽땅―이라 봤자 4만 원뿐이었다―꺼내 내 방 서랍에 넣어 두었다. 은행에서 돈을 더 찾아 놓을까도 싶었지만 그러기에는 후환이 두려웠다. 그런 다음 새해맞이 카운트다운이라도 하는 것처럼 10초, 9초, 8초……, 하며 어제의 그 순간을 기다렸다. 하지만 아무런 변화 없이 지나갔다. 허탈함과 안도감이 동시에 들었다.

또나에게 어떤 일이 벌어지고 있을지 너무 궁금했지만 내 휴대폰은 선생님 서랍에 있을 터라 전화해 볼 수도 없었다. 나는 초조한 마음으로 수업이 끝나기만을 기다렸다. 7교시까지 있는 날이라 또나가 휴대폰을 찾은 뒤 통화하려면 네 시가 넘어야 한다. 학교 끝난 뒤 아이들과 김밥이나 떡볶이 등을 사 먹고 곧바로 학원에 갔다 집에는 열 시 반쯤 돌아올 것이다.

네 시가 되기를 기다려 전화했지만 또나는 받지 않았다. 두

번을 더 했지만 마찬가지였다. 엄마가 자꾸 연락하는 게 짜증스러운 줄은 알지만 내가 어떤 꼴을 당했는지 걱정돼 견딜 수 없었다. 전화 대신 문자를 보내도 답장이 없었다. 답장 한 줄 해 주는 게 뭐가 힘든 일이라고. 슬그머니 화가 치밀어 올랐다.

혼자 먹자고 밥하고 반찬 만드는 것도 귀찮아―할 줄 아는 것도 없지만―라면으로 때운 뒤 TV를 보며 또나를 기다렸다. 열 시 반이 되자 삑삑삑삑, 번호키 버튼 누르는 소리가 났다. 뿌루퉁한 또나는 반기는 나를 무시한 채 방으로 들어가 버렸다. 울컥 열이 나 쫓아갔더니 문이 잠겨 있었다. 문을 두드리자 안에서 "왜?" 하는 소리가 들려왔다.

"얘기 좀 해."

"나 바빠. 나중에 해."

바쁘긴. 씻지도 않고 컴퓨터 앞에 앉을 거면서. 게임과 인터넷을 하다 보면 숙제는 밀린 채 잘 시간이 되겠지.

"얘기 좀 하자고!"

나는 계속 문을 두드렸다. 또나가 오만상을 찌푸린 채 문을 열었다.

"짜증 나게 왜 자꾸 그래!"

"왜 전화 안 받아? 문자도 씹고. 학교에서 아무 일 없었어?"

"엄마는 나한테 무슨 일 있었으면 좋겠어? 그리고 귀찮게 왜 자꾸 전화하고 문자하는 건데? 그렇게 날 못 믿겠으면 나 대신 엄마가 학교랑 학원도 다니든지."

또나는 내게 실컷 퍼붓더니 나를 밀치고 화장실로 들어가
버렸다. 평소에 엄마에게 하고 싶었던 말인데도 입장이 바뀌
어 들으니 억울했다. 그리고 졸지에 성가신 존재가 된 게 서
글퍼져 눈물이 찔끔 나왔다. 평소와 달리 화장도 하고, 옷도
준외출복 수준으로 입고 있는데도 보이지 않나 보다. 그것도
서운했다.

짜증 내는 걸 보면 학교에서 결국 물구나무를 선 걸까? 나
대신 또나가 벌선 건 다행이지만 물구나무서기를 한 사람의
겉모습은 나였을 테니 승진이는 그렇게 알고 있을 것이다.

알람 소리에 잠이 깼다. 또나를 깨우기 위해 어젯밤 시간을
맞춰 놓고 잤다. 엄마가 된 내가 마음대로 하는 건 괜찮지만
또나가 제멋대로 해서 학교생활을 망쳐 놓으면 큰일이다. 더
이상 지각하게 만들어서는 안 된다.

막 방문을 두드리려는데 또나가 꽥꽥 소리 지르며 뛰쳐나
왔다. 혹시 이제야 자신이 바뀐 걸 알아차린 건가? 또나가 "대
박! 대박!" 하고 외치며 나를 안고는 펄쩍펄쩍 뛰었다. 나와
바뀐 게 엄마에겐 이렇게 좋은 일인가 보다. 어째 나만 밑지
는 것 같다.

"엄마, 나 강태하 팬사인회 티켓 당첨됐어!"

"진짜? 대박!"

며칠 전 신청하고 잊고 있었는데 당첨되다니! 나는 예기치 않은 행운에 기쁜 나머지 또나와 함께 방방 뛰었다.

모델 겸 배우인 강태하 오빠가 뜨기 전부터 좋아했던 나는 일찌감치 팬카페에도 가입했다. 승진이가 태하 오빠를 닮아서 좋은 건지, 승진이와 비슷해서 태하 오빠가 좋은 건지 모르겠지만 아무튼 강태하는 내가 유일하게 좋아하는 연예인이다.

"엄마, 나 오늘 학원 빠져도 되지?"

또나 말에 정신이 번쩍 들었다. 태하 오빠의 첫 팬사인회다. 역사적인 그 순간을 또나에게 넘겨줄 수는 없다. 그곳엔 또나가 아니라 강태하란 연예인의 진가를 진즉부터 알아본 내가 가야 한다.

"안 돼."

나는 단호하게 딱 잘라 말했다. 엄마가 평소에 잘하는 거다.

"같이 좋아해 놓고 뭐야? 엄마, 오늘만~. 네 시부터니까 학교 끝나고 달려가면 팬사인회 시간 맞출 수 있어. 오늘 한 번만 봐주라. 거기만 보내 주면 진짜 공부 열심히 할게, 응?"

또나가 애원했다. 얍삽하긴. 이야기 좀 하자고 사정해도 매몰차게 굴 때는 언제고 자기 필요하니까 알랑방귀 뀌는 것 좀 봐. 게다가 엄마는 드라마를 볼 때 분명히 태하 오빠보다 라이벌 역을 맡았던 박민석이 더 멋있다고 했었다. 그런 엄마에게 기회를 주는 건 태하 오빠에 대한 모독이다.

"안 돼. 학원이 하루에 얼만 줄 알아? 기말고사가 얼마나 남았다고 학원을 빠진다는 거야. 그러기만 해. 다음 달 용돈 없을 줄 알앗!"

그동안 엄마한테 숱하게 들었던 말이라 술술 나왔다.

또나가 학교로 간 뒤 나는 마음이 급해지기 시작했다. 인터넷 당첨 티켓이 전송된 휴대폰은 또나 손에 있으니 무용지물이 됐다. 하지만 방법이 아주 없는 건 아니다. 현장에서 20만 원어치 이상 제품을 사면 선착순으로 사인회 티켓을 준다고 했었다. 내게는 진짜 나의 젊음과 미모는 없지만 시간과 엄마 카드가 있다!

나는 설거지와 청소를 하는 대신 화장을 하고 드라이를 했다. 팬사인회는 처음인지라 인터넷 검색을 해 보니 일찍 가서 앞에 서는 게 중요하다고 나와 있었다. 시간은 괜찮은데 마음에 드는 외출복이 없었다. 엄마 옷들은 너무 아줌마스러웠다. 죄다 꺼내 펼쳐 놓고 입었다, 벗었다 하며 나름대로 코디를 했다. 그리고 선물받은 뒤 포장도 뜯지 않은 채 모셔 놓은 스카프로 마무리했다. 어제 내 방 서랍에 넣어 둔 돈이 생각나가 봤지만 이미 사라지고 없었다. 또나가 챙겨 간 게 틀림없다. 어쩐지 팬사인회에 가지 말라고 했는데도 기분 좋은 얼굴로 나가더라니.

바빠 죽겠는데 전화가 왔다. 저장돼 있지 않은 번호였다. 받을까 말까 망설이다, 택배원일지 몰라 폴더를 열었다.

"여보세요?"

"김경미 씨 휴대폰인가요?"

김경미? 아, 엄마 이름이다.

"그, 그런데요."

"경미야, 나 영화야, 안영화!"

흥분한 목소리가 전화기를 뚫고 나올 것 같았다. 엄마 친구
인 모양인데 나는 모르는 아줌마다. 어쩌지, 머뭇거리는 사이
전화기 속에서 실망한 목소리가 들려왔다.

"기억 못 하나 보네. 너 찾으려고 엄청 고생했는데."

오래간만에 연락이 닿은 친구인 모양이다.

"미, 미안."

"아니야. 먼저 연락 끊은 건 나잖아. 그때 바람맞힌 거 미안
해."

도대체 무슨 이야기를 하는 건지. 나는 한숨을 내쉬었다.

"그때 약속 장소에 안 나간 거 너 교복 입은 모습 보기 싫어
서였어. 어이없지?"

뭔 소리야, 도대체. 나는 초조한 마음으로 시계를 보았다.
아줌마는 그동안 겨우 참고 있었다는 듯 상대방 상황은 아랑
곳없이 이야기를 줄줄 늘어놓았다.

"사실 나 검정고시로 중고등학교 마친 거 무지하게 창피했
다. 그래서 우리 애들이나 주위 사람들한테 숨기고 살았어. 그
런데 그 기억을 없던 일로 치면 그 시절도 사라지는 거잖아.
그건 더 싫더라. 그때 친구들 찾아보려고 마음먹었는데 니가

젤 먼저 생각나는 거야. 이 안영화, 너 찾는 게 올해 숙원 사업이었다. 경미야, 우리 해 다 가기 전에 한번 보자."

아줌마의 감격에 찬 소리가 휴대폰 밖으로 흘러넘쳤지만 내 머릿속은 복잡하기만 했다. 엄마가 검정고시 출신이라고? 그런데 검정고시생도 교복 입나? 도통 무슨 이야기를 하는지도 알 수 없고, 안영화란 아줌마에 대해 아무런 정보도 없는 나로서 무슨 대답을 해야 할지 막막했다. 그때 집 전화벨이 울렸다. 나는 그 핑계를 대며 다시 통화하자고 말한 뒤 휴대폰을 끊었다. 나를 구원해 준 사람은 외할머니였다.

"이번 주말에 김장할 거니까 통 갖고 와라."

나는 용건만 말하고 전화를 끊으려는 외할머니를 붙잡았다. 용케, 할머니가 아니라 엄마라고 불렀다. 나는 이런저런 이야기로 시간을 끌었다. 안영화 아줌마가 들려준 이야기에 대해 묻고 싶었지만 어떻게 시작해야 할지 난감했다.

"참, 혹시 너 찾는 전화 안 갔디? 이름이 안…… 뭐랬는데."

옳거니!

"안영화요?"

"그래. 어떤 친군데 친정으로 연락을 했다니?"

"검정고시 때 친구래요."

할머니가 갑자기 조용해졌다. 나도 할 말이 없어 가만히 있었다. 얼마 뒤 할머니가 긴 한숨을 내쉬더니 말했다.

"대학교도 아니고, 중학교를 못 보낸 거 생각하면 지금도 너한테 면목이 없다. 니 아버지 일로 집이 풍비박산이 났을 때라 경황이 없었어. 하필 그때 니 오빠까지 사고를 당하는 바람에……."

그건 무슨 이야긴지 알 것 같다. 어른들이 하는 이야기를 주워들은 바에 의하면 고등학교 교사였던 외할아버지가 수업 시간에 시국에 대한 비판을 하다 붙잡혀 가 고문당하고 학교도 잘렸다고 했다. 고문 후유증으로 병을 앓다 일찍 돌아가셨다는 할아버지에 대한 기억은 없다. 아무튼 그런 일들이 일어났던 때가 조선 시대도, 일제강점기도 아니라는 게 믿기지 않을 따름이다.

"중학교는 비록 못 다녔지만 나중에 니 힘으로 야간 고등학교에 들어갔을 때 아버지가 얼마나 좋아했는지 몰라."

아하, 교복 입은 모습을 보기 싫어 바람맞혔다는 아줌마 말이 무슨 뜻인지 이해가 갔다. 함께 검정고시 공부하다 엄마 혼자 고등학교에 들어간 게 샘났다는 말이다. 학교 안 다니면 좋지, 그게 뭐 그리 부러운 일이라고. 그나저나 나와 오빠한테 공부, 공부 노래를 하는 엄마가 실은 중학교도 안 다니고 고등학교는 야간을 나왔단다. 뭐, 자랑거리도 아니지만 엄청나게 충격적이지도 않았다. 어떤 일도 엄마와 내가 바뀐 것만큼 큰일은 아닐 테니까.

나는 전화 때문에 뺏긴 시간을 아까워하며 집을 나섰다. 사인회 장소는 오빠가 광고 모델로 나오는 의류 매장이었다. 매장이 있는 복합 쇼핑몰까지는 마을버스와 지하철을 타고 가야 했다.

지하철을 탄 나는 검은 창에 내 모습이 비칠 때마다 깜짝 놀라 주위를 살펴보았다. 엄마가 감시하려고 날 따라다니는 것 같아서였다. 우연히 맞부딪히게 되는 검은 거울은 도처에 있었다. 공간의 깊이와 넓이가 모호한 검은 거울은 내 의지로 보는 그냥 거울과는 느낌이 달랐다. 사람이나 사물이 그대로 비치는 게 아니라 그것들의 내면과 이면도 함께 보이는 것 같았다. 나는 바뀐 뒤 처음으로 검은 거울에 비친, 엄마 모습을 한 나 자신을 한참 동안 응시했다.

사인회 홍보가 덜 돼서인지, 아직 태하 오빠 인지도가 높지 않아서인지, 시간이 많이 남아서인지 의류 매장 앞은 크게 붐비지 않았다. 제품을 산 50명까지 사인회 티켓을 준다고 했다. 스키니진과 스니커즈를 사니까 14만 원이 나왔다. (얼른 이 옷과 신발을 사용할 수 있게 나로 돌아갔으면 좋겠다.) 일이백 원을 아끼려고 집에서 먼 마트까지 다니는 엄마가 알면 기절할 일이지만 티켓을 얻기 위해서는 6만 원을 더 채워야 했다. 내 것만 사려니 좀 찔려서 만 5천 원짜리 라운드 티를 넉 장 샀다. 가족 여행 갈 때 맞춰 입으면 재미있을 것 같다. 물론 내가 진짜 나로 돌아갔을 때의 일이다.

카드로 결제하고 드디어 사인회 티켓을 받았다. 엄마와 바뀐 보람을 제대로 느낀 순간이었다. 태하 오빠를 코앞에서 보고, 사인받고, 악수할 걸 생각하니 가슴이 벌렁거렸다. 과감하게 허그를 해 달라고 할까. 그러고 나면 승진이를 진짜 단념할 수 있을 것 같다.

네 시까지는 아직 시간이 많이 남아 있었다. 나는 쇼핑몰 10층에 있는 극장에 가기로 했다. 야한 영화를 보며 먹는 추로스 맛은 끝내줬다. 영화를 본 뒤에는 내가 엄마 모습이라는 사실을 잊은 채 군것질도 하고, 게임도 하고, 스티커 사진도 찍으며 쇼핑몰 안을 쏘다녔다. 문득 사람들의 힐끔거리는 눈길을 깨닫고 창피한 생각이 들었지만 곧, 어차피 내 모습도 아닌데 쪽팔려 봤자지 뭐, 하는 배짱이 생겼다.

사인회 티켓을 소지한 자의 여유를 부리며 노닥거리다 세 시 반쯤 에스컬레이터를 타고 사인회 장소로 내려가던 나는 입을 딱 벌리고 말았다. 의류 매장 앞뿐 아니라 그 층 전체가 만원 지하철처럼 사람들로 빼곡하게 차 있었다. 팬으로서 기쁘기도 했지만 그들을 헤치고 앞으로 갈 일이 걱정이었다.

관계자가 휴대용 마이크를 들고 인터넷 당첨자와 구매 티켓 소지자들부터 줄을 서 달라고 애원애원했지만 말을 듣는 사람은 없었다. 정리가 되기는커녕 시간이 지날수록 실내는 점점 난장판이 돼 갔다. 나는 사람들 틈을 비집고 앞으로 나아가려 안간힘을 썼다. 날씬한 나였다면 잽싸게 틈새로 빠져나갈 수 있었을 것이다. 하지만 뚱뚱하고 굼뜬 엄마 몸은 이리저리 치이며 땀만 흘렸다.

"아줌마, 왜 자꾸 밀어요."

내 앞에 있던 여자애가 짜증을 냈다. 순간 쫄았던 나는 내가 어른임을 생각해 내고 회심의 미소를 지었다.

"학생, 티켓 있어? 티켓 가진 사람들부터 줄 서라잖아. 질서를 지켜야지."

나는 어른답게 점잖게 타일렀다.

"아줌마, 지금 상황 안 보이세요? 꼼짝도 할 수 없잖아요."

어디서 어른한테 눈을 치켜뜨고 따박따박, 왕싸가지 같으니라고.

"그, 그래도 티켓 있는 사람이……."

"티켓이면 다예요? 우리 몇 시부터 왔는지 아세요? 열두 시부터 와서 줄 선 거예요."

학생이 열두 시부터 연예인 사인이나 받으러 온 게 자랑이다, 그래.

"아줌마가 주책이야."

왕싸가지 옆에 있던 왕싸가지 2가 다 들리게 말했다. 아줌마는 감정도 없는 줄 알아? 그리고 니들이 아줌마 되는 데 보태 준 거 있어? 쏘아붙이고 싶었지만 좀 무섭기도 해서 왕싸가지들의 뒤통수를 노려보는 걸로 대신했다.

드디어 네 시, 강태하 오빠의 등장에 일순간에 사람들이 앞으로 쏠리며 사인회장은 아수라장이 됐다. 고함과 비명, 울음소리가 뒤섞여 터져 나왔다. 티켓을 얻기 위해 산 옷이 든 쇼핑백 끈이 떨어졌다. 틈바구니에 낀 쇼핑백을 빼내려고 허리를 숙였다가 사람들에게 깔릴 뻔했다. 뉴스에서 본 지진이나 화재 현장과 다를 바 없었다.

세상일 중 쉬운 건 하나도 없다더니 강태하 오빠 팬 노릇하는 일도 승진이를 짝사랑하는 것 못지않게 힘들었다. 찢어진 종이가방을 간신히 빼내 끌어안은 채 이리저리 휩쓸리고, 채이고, 꺾이는 동안 사인회는 안전상의 이유로 취소됐다. 관계자는 인파가 이렇게 많이 몰릴 줄 미처 예상하지 못한 자신들의 불찰을 사과하며 더 넓고 안전한 장소에서 조만간 다시 사인회를 열겠다고 공지했다. 티켓은 그때까지 유효라니 다행이었다.

항의하며 자리를 떠나지 않는 사람들 때문에 빠져나오는 것도 힘들었다. 겨우겨우 나오던 나는 사람들 틈에 끼어 서 있는 또나를 발견하고는 깜짝 놀라 얼른 쇼핑백으로 얼굴을 가렸다. 사인회에 가지 말라고 해 놓고 또나와 여기서 마주치는 게 민망하기도 했지만, 그보다는 내가 자기를 따라다니며 감시한다고 오해할까 봐서였다.

한참 만에야 그곳에서 벗어난 나는 화장실로 달려갔다. 진짜 나일 때보다 훨씬 빨리 지치고, 화장실도 더 자주 가고 싶었다. 손을 씻으며 바라본 거울 속 모습은 가관이었다. 기껏 드라이로 멋 내고 온 머리는 산발이었고, 귀걸이 한쪽도 어디로 달아나 버렸다. 나는 여기저기 걸려 뜯어지고 올이 풀린 새 스카프를 풀어서 가방에 넣었다.

화장실을 나와 구석에 놓인 의자에 앉았다. 한쪽 코의 리본 장식이 떨어져 나간 구두가 눈에 들어왔다. 나는 한숨을 내쉬며 옷이 든 쇼핑백이라도 지켜 낸 걸 고마워하기로 했다. 가슴 두근거리며 왔던 길을 마음도 몸도 스카프나 구두처럼 너덜너덜해진 채 돌아갈 걸 생각하니 일어나고 싶지 않았다.

마을버스에서 내려 아파트 단지가 있는 골목길로 접어들었다. 바닥에서 무언가 잡아당기는 것처럼 다리가 무거웠다. 진짜 싫다, 엄마로 사는 거. 언제 나로 돌아갈 수 있는 거지? 도대체 왜, 하필, 엄마와 바뀐 건지 궁금했다. 그래, 엄마 해 보니까 어렵고 힘든 거 알겠어. 이제 엄마 말 잘 들을게. 이제 됐어? 됐냐고? 나는 칼바람이 목덜미를 파고드는 통에 덜덜 떨며 속으로 외쳤다.

아파트에 도착해 엘리베이터를 탔을 때 혹시나 하며 거울을 보았지만 역시나 엄마가 있을 뿐이었다. 엘리베이터에서 내린 나는 한동안 문 앞에 서 있었다. 또나는 사인회장에 갔던 걸 숨기려고 학원 끝나는 시간에 맞춰 돌아올 게 뻔했다. 아무도 없는 집에 들어가고 싶지 않았다. 그런데 안에서 음악 소리가 흘러나왔다. 내가 평소에 듣는 노래였다.

누구지? 또나가 벌써 왔나? 서둘러 문을 따고 들어선 나는 벌어진 입을 다물지 못했다. 음악이 쿵쿵 울리는 가운데 베란다 문이 활짝 열려 커튼이 겨울바람에 펄럭거리고 있었다. 텔레비전의 검은 거울이 엉망진창인—나중에 보니 내가 나갈 준비 하면서 어질러 놓은 것들이었다—거실을 비추고 있었다. 도, 도둑이 들었나? 발은 바닥에 붙어 떨어지지 않고 몸은 밖에 있을 때보다 더 떨렸다.

주방 쪽을 본 순간 나는 도둑을 발견한 것보다 더 놀랐다. 엄마가 식탁 앞에 있었다. 내가 언제 저기로 간 거지? 엄마가 블루베리 치즈 케이크를 퍼먹다 포크를 집어 던졌다. 식탁 위는 이런저런 음식들로 거실만큼이나 어지러웠다.

"아니야, 이것도 아니야. 찬바람도 아니고 음악도 아니야. 그럼 뭐지? 뭐 때문에 바뀐 거지?"

입 주위에 블루베리 잼을 잔뜩 묻힌 엄마가 머리를 부여잡고 소리쳤다.

그제야 상황이 이해됐다. 엄마 모습을 한 내가 진짜 나로 돌아갈 방법을 본격적으로 찾고 있는 거였다. 그럼 그걸 바라보고 있는 나는? 엄마 모습을 한 나는 지금 현관에 서 있잖아. 뭐, 몸이 바뀌는 일도 일어났는데 유체 이탈이나 공간 이동쯤이야 아무것도 아니지. 나는 두근거리는 마음으로 엄마 모습의 나를 응원했다. 응원에 힘입은 엄마 모습의 내가 손을 모으며 간절한 얼굴로 부르짖었다.

"제발 방법 좀 알려 줘! 계속 주나정으로 살고 싶어~! 내

딸이 정말 부럽다고~!"

뭐라고? 쓰러지는 내 몸을 신발장이 받아 주었다. 식탁에 앉아 있는 사람이 그럼 진짜 엄마인 거야? 나는 주저하며 신발장 거울을 돌아보았다. 엄마가 된 내 모습이 싫어 부러 외면하고 있던 거울이었다.

그 안에 교복을 입은 내가 있었다. 좋아하기 전에 나는 조심스레 확인 절차를 거쳤다. 내가 손을 들면 거울 속의 나도 손을 들고, 웃으면 같이 웃고, 얼굴을 찡그리자 함께 찡그렸다. 분명히 나였다. 내려다본 내 모습도 교복 차림이었다. 드디어 진짜 나로 돌아왔다.

앗싸! 환호성을 질렀지만 무언가 목구멍을 막은 듯 소리가 나오지 않았다. 거울 속의 얼굴에서 서서히 웃음기가 걷혔다. 우리 모녀가 바뀐 게 엄마의 바람 때문이었고, 엄마가 그 방법을 찾아낸다면 언제든지 또 바뀔 수 있다는 말이다.

이게 뭐야. 거울 속의 얼굴이 울상을 지었다. 엄마를 닮은 거울 속의 아이가 나인지, 나와 닮은 식탁 앞의 엄마가 나인지, 어떤 게 진짜 나인지 점점 더 알 수 없어졌다.

1705호

3월 하순이었지만 봄은 아직 올 기미가 없었다. 꽃망울들이 부풀어 오르다 그대로 얼어붙길 반복했다. 사람들은 세상에서 실종된 게 마치 봄뿐인 양 호들갑을 떨었다.

1705호 사람들이 집 앞에서 그 아이와 처음 마주친 시기는 엇비슷했다. 아이를 가장 먼저 본 사람은 남매 중 둘째인 진규였다. 재수 끝에 서울 소재 대학에 합격한 그는 한 달째 신입생 환영회 중이었다. 그날도 진규는 잔뜩 취한 채 자정이 넘어서야 집으로 돌아왔다. 엘리베이터를 탄 진규는 무심코 9층을 누르다 꼭대기 층인 17층으로 바꾸었다. 이사 온 지 열흘이 넘었는데 아직도 자꾸만 예전 집의 층수를 누르곤 했다.

엘리베이터 벽에 기대 깜빡 졸았던 진규는 문이 열리는 순간 서늘한 기운에 흠칫 놀라 몸을 일으켰다. 술기운과 잠기운이 섞인 그의 눈에 계단에서 내려오고 있는 남자아이가 보였다. 아이는 회색 교복 바지에 흰 셔츠와 후드 달린 감색 트레이닝복 상의를 입고 있었다. 늦은 시간 뜬금없이 나타난 아이의 모습에 진규는 층을 잘못 눌렀나 싶어 엘리베이터 문 위의 전광판을 올려다보았다. 분명히 17이란 숫자가 표시되어 있었다.

진규는 왠지 모를 섬뜩함 때문에 엘리베이터 밖으로 발을 내딛지 못한 채 그 아이를 바라보았다. 170센티미터가량의 키에 중학교 2, 3학년쯤 돼 보이는 아이는 진규를 힐끗 일별하고는 아래층으로 내려갔다. 걷는다기보다는 마치 에스컬레이터를 탄 듯 스르르 움직이는 것 같았다. 진규는 혹시 술에 취해 헛것이 보이는 건 아닌가 싶어 고개를 흔들었지만 아이는 사라지지 않았다.

진규는 닫히는 엘리베이터 문을 황급히 열고 내렸다. 찬물을 뒤집어쓴 것 같은 오싹한 기운이 온몸을 휘감고 지나간 덕분에 그는 생각이란 걸 할 수 있었다. 위층 옥상으로 올라가는 문은 당연히 잠겨 있을 텐데 자정이 넘은 시간에 그곳엔 무엇하러 갔었을까. 의구심 가득한 눈길로 아이가 내려온 곳을 올려다보던 진규는 계단이 갈지자로 꺾이는 층계참 쪽 창문이 활짝 열려 있는 것을 보았다. 그곳에서 찬바람이 들어오고 있었다.

그제야 진규는 피식 웃었다. 짜식, 담배 피우러 왔었나 보다. 아직 교복 차림인 걸 보면 집에 들어가기 전에 한 대 피운 모양이다. 사람들 눈을 피해 꼭대기 층까지 왔을 것이다. 진규는 자신이 막 빠져나온 십대를 보내고 있는 아이에게 뻐기고 싶은 마음과 연민의 정을 동시에 느끼며 창문 앞에 서서 담배를 한 대 피워 물었다.

두 번째로 아이를 본 사람은 새벽 기도를 다녀오던 안주인 정미숙 씨였다. 아들이 재수하면서부터 다시 신앙생활을 시작한 그녀는 기도의 힘을 믿었다. 아들이 서울에 있는 대학에 합격한 것도, 남편이 여지껏 무사히 직장을 다니고 있는 것도, 마음에 드는 이 아파트를 시세보다 훨씬 싼 가격에 산 것도 다 기도 덕분이라고 생각했다. 요즘 미숙 씨가 기도하는 주제는 남편의 승진과 대학교 졸업반인 딸 진주의 취직이었다. 아침 준비에 늦지 않게 귀가한 미숙 씨의 마음은 한없이 평화롭고 충만했다.

하지만 그 아이와 맞닥뜨린 순간, 기겁한 미숙 씨는 터져 나오려는 비명을 간신히 삼켰다. 아침 일곱 시도 안 된 시각에 집 앞에서 낯선 사람을 보면 누구라도 놀랄 것이다. 요새는 어른보다 청소년이 더 무서운 세상이다. 게다가 후드를 뒤집어쓴 아이의 얼굴은 희다 못해 파리한 형광색으로 빛나는 것 같았다. 미숙 씨는 마주친 아이의 눈길이 자신을 관통해 다른 무엇을 향하는 것 같다고 느꼈다. 아이는 서늘한 기운을 남긴 채 아래층 계단으로 사라졌다.

앞집의 남매는 모두 유학을 갔다고 했고, 각각 노부부와 젊은 부부가 살고 있는 아래층에는 그만한 아이가 없었다. 그럼 이 시간에 누구지? 유령이라도 만난 듯 후들거리던 마음은 잉크 냄새를 풍기며 문 아래 놓여 있는 신문을 보자 서서히 가라앉았다.

신문 돌리는 아이였나 보다. 오늘은 배달이 늦은 것 같다. 남편이 보급소에 전화를 해 댄 건 아닌지 모르겠다. 그런데 아이가 신문 뭉치를 들고 있었나? 빈손이었던 것 같은데. 이 라인에서는 우리 집만 이 신문을 보는지도 모르지. 종이 신문 구독률이 엄청나게 떨어졌다고 하지 않던가. 하긴 집에서도 신문을 열심히 보는 사람은 남편뿐이다.

이제 열대여섯 살밖에 안 돼 보이던데 신문을 다 돌리고 기특하네. 언제 또 마주치면 음료수라도 건네줘야겠다. 미숙 씨는 아이가 사라지고 없는 계단을 내려다보았다.

세 번째 목격자는 가장 박우석 씨였다. 지하철역 부역장인 그는 특별한 일이 없으면 여덟 시 전에 귀가해 집에서 저녁을 먹었다. 그날도 평소처럼 일곱 시 반쯤 도착했다. 엘리베이터 문이 열리자 내려가는 계단 중간쯤에 서 있던 한 아이가 자신을 힐끗 돌아다보더니 아래층으로 사라졌다. 교복 바지 차림이었다. 우석 씨는 얼른 그쪽으로 가 계단 난간에 묶어 놓은 자전거의 잠금장치를 확인했다. 자전거 옆에 떨어진 담배꽁초를 발견한 그의 미간에 주름이 잡혔다.

우석 씨는 십대들을 좋아하지 않았다. 그들 때문에 골머리를 앓은 게 한두 번이 아니었다. 낙서나 흡연, 기물 파손, 도둑질, 패싸움 같은 건 귀여울 정도였다. 전에 근무하던 역에서는 여중생이 화장실에다 아이를 낳은 뒤 버리고 간 사건도 있었다. 경찰서에서 본 여자애는 어찌나 멀쩡한 얼굴이던지, 그때 일을 생각하면 우석 씨는 저절로 고개가 저어졌다.

지난가을에 일어났던 사고도 그 또래 놈들 때문이었다. 공중도덕이라고는 모르는 놈들이 플랫폼에서 지들끼리 치고 패며 장난을 치는 통에 애먼 중년 여자 한 명이 선로 아래로 떠밀리는 사고가 일어났다. 때마침 공익근무요원이 현장에 있었기에 망정이지 30초만 늦었어도 전동차에 치일 뻔한 아찔한 사고였다. 떨어지며 선로에 머리를 부딪친 중년 여자는 크게 다쳤고, 우석 씨는 관리 책임자라는 이유로 경찰서에 불려다니고, 문책을 받고, 피해자 가족의 항의에 시달리고, 문병까지 다녀야 했다. 우석 씨는 승진에서 누락된 게 그 일 때문이라고 지금도 믿고 있었다. 하지만 정작 사고를 친 장본인들은 미성년자라는 이유로 아무런 형사 처분도 받지 않았다.

개념도 버르장머리도 없는 놈들에게 어른 노릇을 마음 놓고 할 수 있는 세상도 아니었다. 늦은 시간 화장실에서 흡연하는 아이들을 훈계하던 장 주임은 그놈들한테 맞아 팔이 부러졌다. 우석 씨에게 교복 입은 아이들은 비행 청소년이거나, 잠재적 문제아일 뿐이었다. 그런 아이들 중 하나일 게 분명한 녀석이—정상적인 아이라면 학원이나 집에 있어야 할 시간이다—집 앞을 얼쩡거리는 게 우석 씨는 영 찜찜했다.

마지막으로 그 아이를 본 사람은 맏딸 진주였다. 그녀는 취업 준비로 몸도 마음도 바쁘고 고달팠다. 어학연수를 다녀오지 못한 탓일까, 토익 점수가 잘 나오지 않아 스트레스가 심했다. 미래에 대한 불안감은 입시를 앞두고 있을 때와 비슷했다.

그날도 친구들과 취업 스터디를 하고 돌아오는 길이었다. 밤 열 시를 조금 넘긴 시간에 엘리베이터에서 내리던 진주는 흠칫 놀랐다. 후드를 뒤집어쓴 낯선 아이가 옥상으로 올라가는 계단 중간에 걸터앉아 있었다. 센서 등 불빛에 드러난 아이의 얼굴은 아무런 표정이 없어 마치 텅 빈 것 같았다.

덜컥 겁이 난 진주는 놀란 티를 내지 않으려 애쓰며 비밀번호를 눌렀다. 덜덜 떨리는 손가락이 버튼을 잘못 눌러 경고음이 울렸다. 그 순간 센서 등이 꺼졌다. 당장이라도 그 아이가 뒤에서 덮칠 것 같았다. 온몸에 소름이 돋고 다리가 후들거렸다. 진주는 문을 쾅쾅 두드리며 비명을 지르듯 엄마를 불러 댔다.

"왜 그래? 무슨 일이야?"

미숙 씨의 놀란 목소리와 함께 문이 열렸다. 집으로 들어서며 진주는 힐끔 돌아다보았지만 아이는 사라지고 없었다. 순간 추락하는 엘리베이터에 탄 것처럼 심장이 툭 떨어졌다. 진주는 문을 닫은 뒤 렌즈로 밖을 내다보았으나 불이 꺼진 집 앞은 캄캄했다.

"왜? 밖에 누구 있어?"

미숙 씨가 진주의 행동에 놀라 물었다. 딸의 감정이 전염된 듯 미숙 씨 얼굴에도 두려움이 가득했다.

"몰라. 어떤 애가 계단에 앉아 있었는데 금방 사라졌어."

진주는 떨리는 목소리로 말했다.

"자전거는? 자전거 있는 거 봤어?"

뉴스를 보다 진주가 문 두드리는 소리에 놀라 쫓아온 우석 씨가 물었다.

"아니. 그건 왜?"

"혹시 중학생쯤 된 놈이던?"

"맞아. 아빠가 어떻게 알아?"

우석 씨가 대꾸 없이 미숙 씨와 진주를 밀치고 문 쪽으로 갔다.

"뭐하려고 그러는 거야?"

미숙 씨가 우석 씨를 잡았다. 이사 온 지도 얼마 안 됐는데, 이웃과 불화를 일으키고 싶지 않았다. 아내의 만류를 뿌리친 우석 씨는 신발장을 열었다 닫았다 하며 소리를 낸 뒤 현관문을 열었다. 집 안에서 새어 나간 빛은 계단 쪽을 더 어둡게 만들었다. 우석 씨가 밖으로 나가자 센서 등이 켜졌다. 계단은 비어 있었고, 자전거는 묶인 채로 얌전히 제자리에 놓여 있다. 진주와 미숙 씨도 따라 나가 주위를 살폈으나 아이는 보이지 않았다. 우석 씨는 말없이 자전거를 들어다 베란다로 옮겼다. 그제야 안심한 얼굴로 손을 터는 우석 씨에게 진주가 물었다.

"왜, 걔가 자전거 훔쳐 갈까 봐?"

"그놈, 교복 입고 추리닝에 달린 모자 뒤집어쓰고 있었지?"

"어, 맞아."

진주는 너무 무서운 나머지 자세히 보지 못했지만 후드를 썼던 건 분명히 생각났다.

"엊그제 그놈이 자전거 주위에서 얼쩡거리고 있더라고."

남편과 딸의 대화에 미숙 씨는 얼마 전 새벽에 봤던 아이를 떠올렸다. 그 아이의 옷차림과도 같았다.

"나도 며칠 전에 새벽 기도 갔다 오다 본 적 있어. 신문 배달하는 앤 줄 알았는데 아니었어?"

"새벽에도 왔단 말이야? 그럼 우리 라인에 사나 본데. 도대체 몇 호……."

우석 씨 말이 다 끝나기 전에 번호키 작동 소리가 들리더니 진규가 들어섰다.

"아들 일찍 왔네."

미숙 씨가 반겼다. 오늘도 술 마시고 늦게 오면 한 소리 하겠다고 벼르는 남편 때문에 진규에게 몰래 문자를 보내 놓고서 마음 졸이던 중이었다. 인사 발령을 앞두고 남편은 잔뜩 예민해져 있었다. 자기 잘못이 아닌 사고 때문에 승진에서 두 번이나 미끄러졌으니 그럴 만도 했다. 그런 남편의 마음이나, 입시 때문에 고생했으니 좀 놀아 보자는 아들의 마음을 모두 이해하는 미숙 씨는 부자 사이에서 알게 모르게 고충이 많았다.

"이제 슬슬 정신 차리고 공부해야지. 근데 무슨 일 있어요?"

진규가 거실에 모여 서 있는 식구들을 의아한 눈길로 둘러보았다.

"박진규, 너 집 앞이나 엘리베이터에서 중학생쯤 된 남자애 본 적 있어?"

진주가 물었다.

"남자애? 아, 걔?"

진규의 대답에 온 가족의 시선이 쏠렸다. 진규는 어리둥절한 얼굴로 식구들을 바라보았다. 이렇게 집중적인 관심을 받은 건 대학 합격자 발표 날 뒤로 처음이었다.

"봤어?"

진주가 채근하듯 물었다.

"그냥 오며 가며 봤는데, 몇 번."

"근데 왜 말 안 했어?"

미숙 씨 얼굴에 불안함이 서렸다.

"중딩이 담배 좀 피우는 게 뭔 얘깃거리라고 식구들한테 말해요."

"담배를 피운다고? 몇 호 앤데? 걔랑 말해 봤어?"

진주가 물었다.

"모르는 애랑 뻘쭘하게 무슨 얘기를 해? 근데 왜 그래? 그 중딩이 무슨 사고 쳤어?"

진규는 여전히 뭐가 뭔지 모르겠다는 표정이었다.

"어린놈이 벌써 담배나 피우고."

우석 씨는 못마땅한 기색으로 중얼거리며 소파에 가 앉았다.

"니들 뭐 좀 먹을래?"

미숙 씨가 분위기를 바꾸려는 듯 밝은 목소리로 물었다. 진규는 소개팅을 한 덕분에 술도 마시지 않고 평소보다 일찍 귀가했다. 상대는 첫눈에 반할 만큼은 아니었지만 애프터를 신청하고 싶은 정도는 됐다. 이른 저녁으로 스파게티를 먹어서인지 출출하다는 진규의 말에 미숙 씨는 얼른 만두를 쪘다. 그사이 진주와 진규는 옷을 갈아입고 씻은 다음 식탁에 와 앉았다. 진규는 만두를, 다이어트 중인 진주는 양상추 샐러드를 먹었다. 진주의 목표는 55 사이즈인 현재의 몸을 44 사이즈로 줄이는 거였다.

이런저런 대화를 나누다 화제는 다시 집 앞의 아이에게로 돌아갔다.

"근데 걔, 우리 라인에 사는 건 확실해? 그럼 그동안 왜 한 번도 못 봤지?"

진주가 고개를 갸웃거렸다.

"이사 온 지 얼마나 됐다고. 엘리베이터 타는 시간 다르면 못 보는 거지. 그리고, 우리 라인에 안 살면 다른 데 사는 애가 굳이 여기까지 담배 피우러 온다는 거야 뭐야?"

진규가 '굳이'에 악센트를 넣어 말했다.

"어쨌거나 어린 나이에 담배 피우면 얼마나 건강이 상하겠어. 걔네 부모는 아나 모르겠다."

미숙 씨가 혀를 찼다.

"엄마, 혹시 몇 호 앤지 알아내서 뭘 어쩌겠다는 생각 하지 마. 우리한테 피해 주는 것도 없는데. 어쩌면 걔한테는 여기가 피난처일 수도 있잖아."

"피해 주는 게 왜 없어. 얼마나 놀랐는지 알아? 계단에 앉아 있는데 귀신인 줄 알았다니까."

진규의 당부에 진주가 항의하며 새삼스레 몸을 부르르 떨었다.

"가만, 혹시 진짜 귀신 아냐? 옛날에 우리 집이나 앞집 살던 애가 사고로 죽은 거야. 가족은 이사 갔는데 걔는 여기가 그리워서 자꾸 나타나는 거지."

진규가 실실 웃으며 말했다.

"야! 하지 마."

진주가 빽 하고 소리치자 진규가 갑자기 정색을 했다.

"어, 누나 뒤에 와 있다."

진주가 비명을 지르며 손바닥에 얼굴을 묻었다. 장난기가 발동한 진규는 한술 더 떠 진주 어깨를 덥석 잡았다.

　고함과 웃음소리가 뒤섞였다. 남매는 어릴 때처럼 우당탕
거리며 법석을 떨었고, 우석 씨와 미숙 씨는 모처럼 아이들이
만들어 내는 떠들썩한 분위기에 흐뭇한 미소를 지었다.

　4월 중순이 되자 초여름인 것처럼 기온이 상승했고 개나리
와 산수유와 벚꽃과 라일락이 동시에 피어났다. 사람들은 또
순리를 따르지 않는 게 계절뿐인 양 입방아를 찧어 댔다. 남
들이 뭐라고 하든 진규에겐 그 꽃들이 한꺼번에 피어나는 게
자기를 축하해 주기 위해서인 것만 같았다. 소개팅했던 윤지
와 사귀게 된 것이다. 여자 친구가 생기자 이제야 진정으로
대학생이 된 기분이었다. 암울했던 입시를 견디고 나니 이런
날도 왔다.

　오전 열 시쯤 진규는 한참 동안 거울 앞에서 멋을 낸 뒤 집
을 나섰다. 윤지와 함께 벚꽃 축제에 갔다가 점심 먹고 카페
에서 중간고사 공부를 하기로 했다. 여자 친구와 함께하면 공
부도 재미있을 것 같았다. 콧노래를 부르며 문을 열고 나가던
진규는 누군가 방화문 뒤로 숨는 것을 보았다. 얼굴을 보진
못했지만 예의 그 아이임이 분명했다. 순간, 진규는 날씨처럼
환하던 마음에 검은 물감이 쏟아진 것처럼 불쾌해졌다.

　아빠는, 그 아이와 또 마주쳤을 때 남의 집 앞에서 뭐 하는
거냐고 했더니 그다음부터 안 나타난다고 했지만 진규는 그

뒤로도 세 번인가 더 보았다. 하지만 가족에게 이야기하지는 않았다. 아무것도 아닌 일 가지고 너무들 과민 반응을 보이는 것 같아서였다.

그런데 지금 이 찝찝한 기분은 뭐지? 진규는 시간 때문이라고 서둘러 스스로에게 대답했다. 오전 열 시면 중딩은 학교에 있어야 할 시간이잖아. 학교 안 간 아이가 신경 쓰여서 그런 거야. 그런데 저 자식은 내가 뭘 어쨌다고 숨는 거야? 아빠 때문인가? 아빠는 분명히 의심하는 티를 냈을 것이다. 그래서 숨는 거니까 더 이상 신경 쓸 것 없다고 자신에게 말하면서도 진규는 엘리베이터의 닫힘 버튼을 초조하게 눌러 댔다. 도망치듯 아파트를 빠져나와 푸른 하늘과 눈부신 햇살 아래 섰지만 기분은 나아지지 않았다. 컴컴한 방화문 뒤에 숨어 있는 게 마치 자신인 듯 가슴이 조여 왔다.

진규는 방화문 뒤에 숨어 있다 끌려 나오던 영우의 얼굴을 떠올리고 싶지 않았다. 재수 없이 그 자리에 있었을 뿐이지 자신은 잘못한 게 없다고, 진규는 생각했다. 누구라도 그런 상황이라면 자기처럼 했을 테고 영우도 이해했을 것이다. 아니었다면 영우의 마지막 글에서 자기 이름이 빠졌을 리가 없다.

영우는 초등학교 4학년 때 전학 온 진규에게 가장 먼저 말을 걸어 준 아이였다. 서로 다른 중학교로 진학한 뒤에도 진규는 종종 영우네 집에 놀러 갔다. 부모님이 함께 가게를 하는 터라 영우는 늘 혼자였다. 둘의 관계는 2학년이 된 다음 영우에게 새 친구들이 생기면서 소원해졌다. 진규는 이제 그들의 아지트가 된 영우네 집에 갔다 두 번이나 그냥 되돌아와야 했다. 자존심이 상한 진규는 영우를 친구 목록에서 제외했다.

그런데 어느 날 영우로부터 할 이야기가 있으니 집으로 와 달라는 문자가 왔다. 진규는 옛 친구를 되찾은 듯 설레는 마음으로 달려갔다. 엘리베이터를 기다리다 마음이 급해진 진규는 비상계단을 뛰어 올라갔다. 3층을 지나쳐 4층으로 꺾어지는 계단으로 접어드는데 영우네 집 문이 우당탕 열리며 누군가 튀어나왔다. 영우였다. 맨발인 영우가 잠시 우왕좌왕하더니 방화문 뒤에 숨었다. 뭐야, 이런 초딩 짓으로 날 놀래려고? 진규는 웃음을 머금은 얼굴로 발소리를 죽인 채 걸어 올라갔다. 진규가 4층에 다다른 것과 동시에 영우네 집에서 세 명의 아이들이 몰려나왔다.

"이 새끼 어디로 갔어?"

그중 키가 머리 하나는 더 큰 아이가 한 말에 진규는 자기도 모르게 방화문 쪽을 바라보았다. 옆의 아이가 방화문을 젖히자 맹수에 쫓기는 들짐승처럼 잔뜩 웅크린 영우가 모습을 드러냈다. 영우는 수치심과 공포가 뒤섞인 눈빛으로 진규를 올려다보았다. 진규는 갑작스러운 상황이 겁나고 당황스러워 아무것도 할 수 없었다.

"찐따 새끼, 겨우 여기 숨으려고 도망쳤냐?"

한 아이가 영우의 멱살을 틀어쥐고 일으켰다. 얼굴이 파랗

게 질린 영우의 몸이 짐짝처럼 달려 올라왔다. 다른 아이가 정강이를 걷어찼다. 영우가 비명을 지르며 무릎을 꿇었다.

"야, 너, 너희들 왜, 왜 그래?"

진규가 덜덜 떨며 간신히 말리는 시늉을 했다.

"새끼야, 뒈지고 싶지 않으면 그냥 가던 길 가."

명령에 따르는 로봇처럼 돌아서는 진규를 낚아챈 그들이 인적 사항을 물었다. 진규는 이름과 학교, 반 등을 댔다.

"어디 가서 주둥이 나불거리면 학교로 찾아가서 묻어 버린다."

키 큰 아이가 주먹을 쥐어 보였다. 진규는 덩굴식물처럼 따라와 자신을 휘감는 영우의 눈길을 뒤로하고 그 자리를 빠져나왔다.

진규는 그날 일을 아무에게도 말하지 않았다. 아니, 놈들의 협박이 무서워 말할 수 없었다. 웅크린 채 떨던 영우 모습이 떠오를 때면 진규는 부러 냉소를 지었다. 먼저 생깐 게 누군데. 자신의 약하고 비굴한 모습을 본 영우가 껄끄러워 그의 전화번호에 수신 거부까지 걸어 놓았다.

얼마 뒤 영우는 자기네 아파트 계단 난간에서 열다섯 살의 생을 마감했다. 자기를 괴롭혀 온 아이들의 이름과 그동안의 소행을 낱낱이 적은 편지를 남기고서였다. 학교도 다르고 동네도 달랐기 때문에 가족들은 진규가 영우와 아는 사이라는 것조차 모르고 지나갔다. 진규 또한 그날의 일을 잊으려고 필사적으로 노력했고, 실제로 잊었다. 그런데 아무런 예고도 없이 찾아온 그때의 기억이 진규를 구덩이 속으로 떠밀었다. 푸른 하늘과 맑은 햇살 때문에 더 깊고 어둡게 느껴지는 구덩이였다. 그때 문자 알림음이 들려왔다.

– 어디쯤이야?

윤지의 문자는 괴로운 기억의 구덩이에 드리워진 밧줄이었다. 진규는 허겁지겁 그 줄을 잡고 빠져나왔다.

그날 미숙 씨는 혼자 점심을 먹은 뒤 장을 보러 집을 나섰다. 인사 발령일이 다가오자 입맛을 잃은 남편을 위해 쌉쌀한 고들빼기김치를 담글 생각이었다. 문을 닫고 한 발짝 걸음을 떼어 놓던 미숙 씨는 등 뒤의 서늘한 기운에 고개를 돌렸다. 옥상으로 난 계단참에 그 아이가 앉아 있었다. 아이는 지난번처럼 후드를 뒤집어쓴 채 세운 무릎 사이에 얼굴을 묻고 있었다.

미숙 씨는 휴대전화 시계를 보았다. 아직 학교가 파하지 않았을 시간이었다. 이런 시간에 보는 건 처음이었다. 그동안은 아들이 모르는 척하라고 해서 그냥 지나쳤지만 더는 안 될 것 같았다. 당장 몇 호에 사는지 알아내 아이 부모한테 이 사실을 말해 줘야 한다. 아이에게 직접 물어보지 않아도 경비실에 가면 알 수 있을 것이다.

그런데 다시 본 층계참이 텅 비어 있었다. 시간을 확인하는 그 짧은 순간에 아무런 기척도 없이 사라진 것이다. 뼛속까지 얼 것 같은 차가운 기운이 살갗을 쓸고 지나갔다.

미숙 씨는 서둘러 경비실로 갔지만 순찰 중이라는 팻말이 걸려 있을 뿐 아무도 없었다. 휴대전화를 걸어 경비원을 호출할까 하다가 참고 마트부터 갔다. 김칫거리를 배달시켜 놓고 돌아오며 생각하니 아이 부모한테 말하는 건 오버 같았다. 자칫하면 남 일에 참견하기 좋아하는 오지랖 넓은 여편네 취급을 받을 수도 있다. 미숙 씨는 전에 살던 아파트에서의 일이 생각나 고개를 저었다.

경비실을 그대로 지나쳐 아파트 쪽으로 가던 미숙 씨는 놀이터 벤치에 405호 할머니가 앉아 있는 걸 보았다. 나무 그늘이라 평소에는 노인들이 많았는데 오늘은 할머니 혼자였다. 직장 다니는 며느리 대신 봐 주는 손주가 유모차 안에 잠들어 있었다. 미숙 씨는 계속 자기 쪽을 바라보는 할머니를 모르는 척할 수 없어 인사했다.

"어디 다녀오우?"

무료한 기색이 역력한 할머니는 줄을 쳐 놓고 먹이가 걸리길 기다리는 거미 같았다. 미숙 씨는 집 앞의 그 아이가 떠올랐다. 부모에게 알리지는 않더라도 도대체 몇 호 아이인지 궁금했다. 그리고 혹시 무슨 일이 생겼을 때를 대비해서 알아

두는 게 좋을 것 같았다.

"마트에요."

벤치에 앉은 미숙 씨는 장바구니를 뒤져 금연 중인 남편을 위해 산 사탕을 몇 개 꺼내 할머니에게 건넸다.

"아유, 뭘 이런 걸…… 고맙수."

미숙 씨는 준 것에 비해 지나치게 고마워하는 할머니를 보자 친정어머니가 떠올라 마음이 짠해졌다.

"애기 자는데 들어가시지 않구요."

"집에 들어가면 귀신같이 알고는 깨서 울고 보챈다우. 이 어린 것도 봄볕 좋은 건 아나 봐."

미숙 씨는 할머니와 잠시 이런저런 이야기를 나누었다. 어떤 사람인지도 모르면서 냉큼 속내를 드러내서는 안 될 것이다. 섣불리 그 아이에 대해 물었다가 괜한 오해를 살 수도 있다.

이사 오기 전 살던 아파트 위층에 초등학교 다니는 아이들이 있었는데 얼마나 뛰어 대는지 노이로제에 걸릴 지경이었다. 두 번 경비실을 통해서 항의하고 실제 찾아간 건 딱 한 번뿐이었는데 생활 소음도 못 참는 인정머리 없는 여자 취급을 받았다. 그때 생각을 하니 새삼 다시 억울해졌다. 10년 가까이 살았던 정든 동네를 떠난 건 결국 미숙 씨네였다. 결과적으로는 동네나 브랜드가 더 괜찮은 아파트를 시세보다 싼 가격에 샀으니 전화위복이 된 셈이지만 말이다. 게다가 꼭대기

층이라 위층의 소음에 스트레스 받을 일도 없고 전망까지 좋으니 이만하면 충분히 보상받았다고 여겼다.

"우리 라인에는 주로 젊은 부부가 사나 봐요. 애들이 다 어리더라고요."

미숙 씨는 슬며시 운을 떼었다.

"그렇지도 않아. 1205호 딸내미들도 중학생이고, 우리 아래층 딸도 고등학생이야. 606호 아들은 대학생이고, 206호 아들은 군대 갔을걸."

예상대로 405호 할머니는 집집의 사정을 잘 알았다.

"중학생 남자애가 있는 집은 없나 보네요. 우리 아들이 과외를 알아보고 있는데, 남자 중학생을 가르치고 싶다고 하더라고요."

미숙 씨는 그럴듯하게 말을 지어냈다.

"전에는 있었는데 지금은 없어."

아기가 몸을 뒤치며 찡찡거리자 할머니가 유모차를 살살 움직였다. 아기는 다시 잠이 들었다.

"지금은 없다구요?"

미숙 씨는 놀라 물었다. 그럼 그 애는 누구지? 정말 몰래 담배 피우려고 다른 라인이나 동에서 왔다는 거야? 그런데 왜 하필 우리 집 앞이지? 미숙 씨는 이해가 되지 않았다.

"집이 이사 오기 전에는 1705호에도 중학생 아들내미가 있었지. 앞집 큰놈도 중학교 다니다 유학 갔고. 그 집 아주 싸게 들어왔지?"

할머니가 불쑥 물었다.

"네? 네, 뭐…….

갑작스러운 질문에 미숙 씨는 얼버무렸다.

"어디 가서 그 값에 샀다고 하면 안 돼. 그 집이야 워낙 사정이 있어서 급매로 내놓은 거지 그게 시세는 아니니까."

할머니가 갑자기 목소리를 낮춰 말했다. 미숙 씨도 싸게 산건 좋았지만 그 가격을 떠벌리고 다닐 생각은 없었다. 주변 사람들한테 이야기할 때도 운이 좋아 싸게 산 것이지 시세는 더 비싸다는 것을 꼭 밝히곤 했다.

"네. 저야 좋지만 전 주인은 많이 속상했겠어요. 그런데 무슨 사정이길래 그렇게 싸게 내놓은 거래요?"

매매 계약을 할 때도, 이사 날 잔금을 치를 때도 미숙 씨는 전 주인을 보지 못했다. 집주인 대신 부동산 중개업자가 대리인 자격으로 나서서 일을 진행했기 때문이다. 외국에 나가 있어 올 수 없다고 했다.

"그런 일을 겪었는데 그 집에서 한신들 살고 싶었겠어."

할머니가 한숨과 함께 말했다.

"그런 일요? 무슨 일인데요?"

미숙 씨가 깜짝 놀라 묻자 할머니는 퍼뜩 정신을 차린 듯 허둥댔다.

"이미 지난 일인데 알면 뭐하우. 공연히 쓸데없는 말을 했네. 이래서 늙으면 죽어야 한다니까. 신경 쓸 것 없수."

할머니는 자기 입을 쥐어박고 싶다는 얼굴로 아기가 곤히 자고 있는 유모차를 괜스레 밀었다 끌었다 했다. 할머니의 심상치 않은 태도에 미숙 씨는 더 궁금해졌다. 그런데 그때 마트 배달차가 아파트 입구에 멈춰 섰다.

"어서 가 보우. 내 말은 신경 쓰지 말고."

할머니가 자꾸 그러니까 더 신경 쓰였다.

마트의 배달 물건은 미숙 씨네 것 말고도 두 개가 더 있었다.

"1705호 건 제가 가져갈게요."

배달원은 미숙 씨 배려에 고마워했다.

짐을 들고 엘리베이터에서 내리며 미숙 씨는 조심스레 주위를 살폈다. 같은 라인에 중학생 남자아이가 없다는 걸 알고 나니 집 앞에 나타나는 그 아이가 더 수상하게 여겨졌다. 남편 말처럼 언제 어떤 사고를 칠지 모르는 질 나쁜 아이일 수도 있다. 진규는 별일 아닌 것처럼 말했지만 고작 중학생 나이에 담배를 피우고, 학교에서 공부할 시간에 여기 있는 것 자체가 문제인 것이다. 그런 아이가 집 앞을 맴돌며 지금도 어딘가 숨어 있을지 모른다고 생각하자 무서워졌다.

같은 라인 아이가 아니니 평판 따위 신경 쓸 것 없이 경비실에 신고해도 될 것이다. 하지만 장 본 것들을 정리하며 생각해 보니 아이가 무슨 짓을 저지른 것도 아닌데 그저 집 앞에 있다는 이유만으로 신고를 하는 것도 이상했다. 그리고 엄밀히 따지자면 그 아이는 공동 구역인 비상계단을 이용했을 뿐이다. 그걸 가지고 문제 삼으면 까칠하다거나 신경과민이란 소리를 들을지도 몰랐다.

김칫거리를 다듬기 전 미숙 씨는 허브차를 한 잔 만들어 식탁에 앉았다. 그건 그렇고 할머니 이야기는 무엇일까? 전 주인은 무슨 일을 겪었길래 통상적인 급매 가격보다 훨씬 싸게 집을 내놓았을까? 겪은 일의 정도가 액수와 비례한다면 아주 큰 일일 것이다. 이 집에 우리가 모르는 커다란 하자가 있는 건 아닐까? 혹시 장마 때 비가 줄줄 새는 거 아니야? 아니면 무슨 사건 사고가 있었던 걸까? 혹시 강도? 살인? 문득 떠오른 생각에 가슴이 철렁 내려앉았다.

내가 지금 무슨 생각을 하는 거야? 그런 일 같았으면 뉴스에 나왔겠지. 나왔는데 내가 모르는 걸 수도 있잖아. 그랬다면 부동산에서라도 말해 줬을 거야. 아니, 그런 걸 누가 말해 주겠어? 대신 싸게 내놓은 거잖아. 그때 좀 더 알아봐야 했나? 그만해. 미숙 씨는 마음을 다잡았다. 삿된 생각에 빠지면 한도 끝도 없어. 할머니 말대로 신경 쓰지 말아야지.

하지만 미숙 씨는 얼마 뒤 컴퓨터를 켰다. 차라리 아무 일 없었다는 걸 직접 확인해 보는 게 낫겠어. 미숙 씨는 인터넷 검색창에 아파트 이름을 쳤다. 조심스레 마우스 휠을 움직이던 미숙 씨의 손이 멈췄다. 손이 떨리기 시작했다. 중학생 남자아이의 투신자살 기사였다. 날짜를 보니 넉 달 전이었다. 성적 비관이 자살 이유라는 짤막한 내용으로 동네와 아파트 이름만 나왔을 뿐 몇 동인지는 밝히지 않았다.

진규 목소리가 환청처럼 들려왔다.

'혹시 진짜 귀신 아냐? 옛날에 우리 집이나 앞집 살던 애가 사고로 죽은 거야.'

온몸에 소름이 돋았다. 말도 안 돼. 진규가 장난친 거잖아. 미숙 씨는 고개를 가로젓곤 차를 한 모금 마셨다. 향긋한 허브 향이 입안 가득 퍼졌다. 미숙 씨는 뛰는 가슴을 달래기 위해 거실을 서성거렸다. 기사를 본 이상 정확하게 모든 것을 알아야 했다.

미숙 씨는 다시 컴퓨터 앞에 앉아 기사를 더 검색해 보았지만 그 이상의 내용은 없었다. 아파트 커뮤니티 사이트에도 들어가 보았으나 공개된 페이지에서는 투신자살에 관한 글을 찾을 수 없었다. 미숙 씨는 회원 가입을 한 다음 입주민 게시판에 들어갔다. 그리고 지난 페이지에서 글을 찾아냈다. 명복을 빌거나 안타까워하는 댓글 속에는 아파트 값이 떨어질까 봐 걱정하는 글도 섞여 있었다. 자꾸 거론할수록 아파트 이미지만 나빠지니 조용히 덮어 두자는 글에 가장 호응이 높았다. 많은 내용들 중에서 확대경을 들이댄 듯 204동 1705호라는 글자가 도드라졌다. 미숙 씨는 추락하듯 의자에서 바닥으로 미끄러져 내렸다.

'가족은 이사 갔는데 걔는 여기가 그리워서 자꾸 나타나는

거지.'

진규의 말이 선고하는 판사의 나무망치가 돼 미숙 씨 머리를 강타했다. 아까 잠깐 새 기척 없이 사라졌던 모습이 떠올랐다. 후드 속에서 파리하게 빛나던 얼굴과 섬뜩했던 느낌도 함께 기억났다. 옷차림이 계속 같은 것도 마음에 걸렸다. 비명을 지르며 문을 두드리던 진주가 생각났다. 그때 진주는 귀신이라도 본 것 같은 얼굴이었다. 살갗에 괜히 소름이 돋았던 게 아니었다.

아냐, 그럴 리 없어! 미숙 씨는 허둥지둥 경비실로 내려가, 계단에 묶어 놓은 자전거가 없어졌다는 거짓말을 하고는 아이를 본 시간 전후로 해서 감시 카메라 영상을 확인해 보았다. 204동뿐 아니라 주변도 살펴보았지만 아이 모습은 어디에도 없었다.

간신히 집으로 돌아온 미숙 씨는 무너지듯 거실 바닥에 주저앉았다. 우리에게 왜 이런 일이! 우리가 뭘 잘못했다고! 온갖 원망과 분노가 회오리바람처럼 한바탕 휘젓고 지나갔다. 미숙씨는 당장 이 집을 떠나고 싶었다. 하지만 부동산 경기가 최악인 요즘으로선 쉬운 일이 아니었다. 미숙 씨는 마음을 다잡았다. 신이 자신을 시험하는 것이다. 더 좋은 것을 주기 위해 시련을 주시는 것이다. 집 앞에 나타나는 아이가 귀신이라면 더 이상 겁낼 것 없다. 산 사람이 무섭지, 이미 죽은 사람에겐 힘이 없다. 귀신에게 능력을 부여하는 건 산 사람들의 두려움이다. 이겨 내리라 결심한 미숙 씨는 무릎을 꿇고 앉아 기도하기 시작했다.

미숙 씨는 이 사실을 아무에게도 이야기하지 않기로 했다. 남들에게 말했다가 장난으로라도 귀신 나오는 집이라는 딱지가 붙으면 큰일이다. 주인이 된 이상 샀을 때보다 집값이 더 떨어지는 건 받아들일 수 없었다. 가족에게도 마찬가지였다. 믿지도 않을 남편에게 군이 이야기해 신경 쓰게 하고 싶지 않았다. 겁 많은 진주가 알면 당장 이사 가자고 난리를 피울 테고, 진규는 젊은 혈기에 괜한 짓을 저지를지도 모른다.

친정어머니가 귀신은 관심 주는 사람한테 들러붙는 법이라고 했다. 귀신이 제풀에 사라지도록 지금처럼 그냥 모르는 척하는 게 상책이다. 그 아이가 할 수 있는 일이라곤 지금까지처럼 집 주변을 배회하는 정도일 것이다. 그마저도 때가 되면 그칠 것이다. 미숙 씨는 더 열심히 새벽 예배에 참석하고 봉사도 다녔다.

주말 밤, 미숙 씨는 풍성하게 차린 식탁으로 가족을 불러 모았다. 우석 씨가 드디어 역장으로 승진하게 된 것을 축하하는 자리였다. 오래간만에 온 가족이 함께하는 저녁 식사이기도 했다.

"아빠, 축하해!"

진주가 새로 발령받은 역으로 첫 출근하는 날 매라며 넥타이 선물을 내놓았다.

"축하합니다, 역장님! 아들 축하주 한잔 받으세요."

진규가 너스레를 떨었다.

"남들은 다 벌써 올라간 자린데 뭘."

우석 씨가 벙싯대는 표정을 감추려고 애쓰며 술잔을 받았다.

"여보, 그동안 마음고생 많았어요. 앞으로는 좋은 일만 있을 거예요."

미숙 씨는 자신에게 들려주듯 말했다. 그 뒤로도 아이는 집 앞에 간간이 나타났지만 미숙 씨는 보이지 않는 양 무시했다.

"고마워. 모두 가족이 성원해 준 덕분이야."

늘 접혀 있던 미간의 주름이 펴진 우석 씨는 한없이 사람 좋은 얼굴로 술을 털어 넣었다. 불판에서 삼겹살이 노릇노릇 구워지고 있었고 1705호 식구들은 공중에서 술잔을 부딪쳤다. 기분 좋게 오른 취기에 분위기가 더욱 활기차고 떠들썩해졌다.

"어?"

상추에 삼겹살을 올리고 마늘과 고추와 쌈장을 얹어 크게 한 쌈 만들어 입에 넣으려던 진규의 눈이 베란다 창에 붙박였다. 어두워진 창밖으로 무언가 획 지나가는 것 같았다.

"왜 그래?"

"뭔데?"

"아니야, 잘못 봤나 봐."

식구들의 물음에 진규는 대답하며 쌈을 입에 넣었다. 그때 희미하게 쿵, 하는 소리가 들려왔다.

"뭐지?"

"무슨 소리 난 것 같지?"

"차가 뭘 박았나 본데."

"자, 자, 술잔 찼습니다. 아빠가 건배사 하세요."

"우리 가족의 안녕과 행복을 위하여!"

"위하여!"

술과 함께 웃음소리도 흘러넘쳤다.

다음 날 방송 뉴스와 신문이 한 아이의 죽음을 알렸다.

10일 오후 8시 45분께 ○○시 ○○구 해피드림 아파트 화단에 ○○ 중학교 3학년 A군(15세)이 떨어져 숨져 있는 것을 경비원이 발견해 경찰에 신고했다. 주머니에서 발견된 유서에는 먼저 세상을 떠난 친구에 대한 미안함과 그리움이 적혀 있었다. 경찰은 유서를 바탕으로 A군이 작년 12월 21일, 성적 비관으로 17층에서 자살한 B군(당시 14세)을 그리워한 나머지 같은 장소에서 투신한 것으로 추정하고 있다. 평소에 잠겨 있던 옥상 비상문이 그날은 방수 공사를 이유로 열려 있던 것으로 확인됐다. 경찰은 유서 내용 외에 성적에 대한 고민이나 집단 따돌림, 학교 폭력 등이 있었는지 등 정확한 자살 경위를 밝히는 데 주력하고 있다.

나이에 관한 고찰

많다면 많고, 적다면 적은 나이인 열네 살이 되는 동안 나는 나름대로 많은 일을 보고, 듣고, 겪었다. 그래서 웬만한 일들은 별로 놀랍지도 않다. 가령 달밤이면 우리 집 헛간에 쳐진 거미줄 위에서 생쥐들이 방방이를 탄다든지, 등굣길에 나무들이 슬그머니 가지를 뻗어 내 가방 속의 과자나 필통을 꺼내 가는 일 따위 말이다. 하지만 나는 열네 살이 되면서부터 그런 것들을 인정하지 않기로 했다.

남들과 같아지기로 결심했는데도 그런 일이 생겼다. 무슨 일인지 살짝 힌트를 주자면 '나이'와 관련된 것이다. 그때까지 내가 알고 있는 나이의 종류는 두 가지뿐이었다. 살아온 햇수를 따지는 '생물학적 나이'와 마음 씀씀이나 크기 등을 재는 '마음나이'.

마음나이는 독창적인 생각이 아니라 책에서 본 것이다. 초딩 1학년짜리 남자애와 스무 살쯤 된 모자라는 청년이 나이를 뛰어넘어 우정을 나눈다는 내용의 동화책에 나왔다. 이야기는 재미있기도 하고, 조금 뻔하기도 했는데 마음의 나이라는 말은 마음에 쏙 들었다. 나는 그 책을 읽고 나서 한동안 주위 사람들의 마음나이를 재는 재미에 빠졌다. 늘 보던 사람들도 마음나이를 매기자 달리 보였다.

치매에 걸려 며느리에게 자꾸만 엄마라고 한다는 대추나무집 할머니의 마음나이는 일곱 살, 아픈 엄마 대신 동생을 잘 돌보는 1학년 은정이 마음나이는 열두 살, 걸핏하면 술 마시고 행패를 부리는 진수네 아빠는 열일곱 살. 그리고 철없기가 데칼코마니처럼 똑같은 우리 엄마 아빠는 아홉 살, 내 마음나이는 스물한 살……. 철없는 부모와 사는 자식은 일찍부터 어른스러워지기 마련이다. 부모의 철없음 때문에 세상에 나가 여기저기 부딪히고 골탕 먹다 보면 자연히 그렇게 된다.

우리 엄마 아빠는 둘 다 만화가다. 뭐, 책이 팍팍 팔리는 인기 만화가가 아니라는 건 상관없다. 그런데 만화가들은 다 그런 건지, 개인적인 특성인 건지는 모르겠지만 똑같이 엄청난 귀차니스트에다, 대책 없는 낙관주의에, 건망증이 심하고, 아침잠이 많았다. 걸핏하면 지각하고, 준비물을 빠트리고, 학교에 낼 돈의 기한을 넘기던 나는 4학년쯤 되면서부터 스스로 나 자신은 물론 집안 살림까지 챙기기 시작했다.

엄마와 아빠는 반성이나 개선은커녕, 그런 나를 자기 만화의 소재로 써먹기 바빴다. 둘은 인터넷에 〈산중 취담〉과 〈짱아 산골학교 보내기〉라는 웹툰을 연재하고 있다. 그중 조회수가 높은 아빠의 〈짱아 산골학교 보내기〉는 머잖아 책으로 출간될 예정이다. 물론 나는 내 한 몸 희생해서라도 엄마 아빠가 유명해져 돈 걱정 안 하고 살 수 있으면 좋겠다. 그나마 시골에 살았으니 망정이지 생활비가 훨씬 더 든다는 서울에 계속 살았으면, 거미가 헛간이 아니라 우리 입에 집을 지을 뻔했다.

우리는 내가 초등학교에 입학한 지 한 달쯤 됐을 때 시골로 이사했다. 서울 학교에 다닐 때, 우리 반에서 한글을 모르는 아이는 나밖에 없었다. 다른 아이들은 영어 알파벳도 줄줄 읽는 판에 나는 'ㄱㄴㄷ'도 제대로 몰랐다. 한글은 학교에 가서 배우는 것이라며, 미리 알고 가면 학교 공부가 시시하고 재미없을 거라는 엄마 아빠의 말을 곧이곧대로 믿었던 것이다.

입학한 지 2주 만에 우리 학교에 불려 간 아빠는—엄마는 원고 마감 때문에 밤을 새운 날이라 갈 수 없었다—담임 선생님으로부터 딸에게 산만한 학습 지진아의 기미가 보인다는 이야기를 들었다. 선생님은 또, 검사를 받아 보라는 말과 함께 학원 보낼 형편이 안 되면 학습지라도 시키라고 충고했다.

"선생이 돼 가지고 사교육을 조장하다니. 이래서 우리 공교육이 엉망인 거라고!"

열을 올리며 선생님을 성토하던 아빠가 결연한 어조로 선언했다.

"난 누가 뭐래도 우리 민서를 사교육으로부터 자유로운 애로 키울 거야."

엄마가 의기투합했음은 물론이다.

"내 말이! 우리 절대로 시류에 편승해서 민서를 성적으로 평가하고 닦달하는 부모는 되지 말자고! 학원 다니는 대신 많은 경험을 하며 인생을 배우게 하는 거야."

"그러기엔 여행이 최고지. 우리, 민서가 6학년이 되면 세계 일주를 떠나자!"

지금은 시골로 이사한 이유가 자기들 작품 소재를 찾기 위해서거나 내게 사교육을 시킬 돈이 없어서는 아니었을까, 하는 의심이 들지만 그 당시에는 엄마 아빠가 내 편을 들어 주는 게 좋았다. 사실 나는, 학교라는 새로운 세계에 대한 호기심 때문에 여기저기 돌아다니고 질문을 해 댔을 뿐인데 골칫덩어리 취급하며 화내는 선생님한테 약간 주눅이 들어 있었다.

아무튼 엄마와 아빠는 내게 한글을 가르치는 대신 시골로 이사를 했다. 비어 있는 농가를 빌려 대강 수리한 집이었다. 나는 엄마 아빠의 작업대로 꽉 찬 좁고 낡은 연립주택에 살다가 마당과 텃밭이 있고, 방도 여러 개인 집으로 이사하자 신이 났다. 우리 세 식구는 각자 방 하나씩을 차지했는데, 특히 다락이 딸린 내 방은 환상적이었다. 그 다락방에서 벌어진 일들도 언젠가 기회가 닿으면 이야기하겠다.

그리고 나는 전교생 수가 100명도 안 되는 근처 학교로 전학했다.

"정민서, 이제 너한테 학원과 공부 대신 자연과 자유를 주겠어!"

"그래, 민서야! 공부는 학교에서 하고 싶은 만큼만 하고 마음껏 뛰어놀아!"

봄기운이 가득한 들판을 가리키며 엄마와 아빠는 감격스러운 얼굴로 말했다. 나는 그 마을에서 태어난 아이들보다도 더 빠르게 산과 들과 가까워졌다. 운동장으로 청설모가 놀러 오고, 가끔씩은 뱀도 나타나는 학교는 날마다 새롭고 재미났다. 학교에서 나머지 공부를 한 덕분에 나는 곧 한글을 깨치고, 셈도 할 줄 알게 됐다.

한 반뿐인 1학년은 모두 열두 명이었는데, 학년 바뀔 때마다 한두 명씩 줄어 6학년이 됐을 때는 일곱 명이 남았다. 전교생 수는 이제 60명도 안 됐다. 그때까지 나는 엄마 아빠가 날 제대로 챙겨 주지 못하는 것을 빼 놓고는 불만이나 아쉬움이 없었다. 그마저도 사람의 마음나이를 볼 수 있게 되자 그러려니 하게 됐다.

1학년 때부터 죽이 맞았던 단짝 친구 소은이가 있고, 하고 싶은 것, 좋아하는 것, 잘하는 것만 하며 살아도 큰 문제가 없는 삶은 완벽하게 행복했다,고 나는 믿고 있었다. 하지만 모든 이야기의 갈등과 위기는 자기 삶에 만족하거나 방심하는 순간 찾아오는 법이다.

소은이가 6학년 여름방학을 앞두고 전학을 갔다. 갑작스레 벌어진 일이었다. 소은이 아빠는 원래 하우스 농사를 지었는데 몇 년 전에 형과 함께 마을에 김치 공장을 세웠다. 서서히 입소문이 나, 지난 김장철에는 아빠도 배추 절이는 아르바이트를 했을 만큼 주문이 밀려들었다. 돈을 번 소은이 아빠가 가장 먼저 한 일은 시내에 아파트를 장만해 공장에 딸린 집에서 살던 식구들을 이사 보낸 것이었다. 그리고 소은이와 면소재지 중학교에 다니던 소은이 오빠를 전학시켰다. 소은이가 이사 가기 싫다고 떼를 썼지만 통하지 않았다.

소은이가 전학 가기 전, 우리는 학교 뒷산 단풍나무 둥치에 유성 매직펜으로 '소은♡민서'라는 글귀도 써 놓았고, 그 아래 50년 뒤 함께 꺼내 볼 타임캡슐도 묻었다.

"너처럼 똑똑하고 재미있는 친구는 이 세상 어디에도 없을 거야. 우리 우정, 영원히 변치 말자."

소은이가 눈물이 그렁그렁한 눈으로 나를 바라보았다. 나는 내가 울면 소은이가 더 속상해할까 봐 꾹 참았다. 그동안 내 이야기를 믿어 주었던 아이는 소은이뿐이었다. 시골로 이사 온 얼마 뒤, 아이들에게 우리 집 텃밭에 사는 두더지한테 들은 이야기를 해 준 적이 있었다. 아이들은 나를 거짓말쟁이라고 놀렸다. 선생님마저 "민서는 상상력이 풍부하구나." 하며

날 믿지 않을 때 조용히 다가와 또 다른 이야기를 해 달라고
한 아이가 바로 소은이였다. 우리는 그 뒤로 샴쌍둥이처럼 붙
어 다녔다.

"앞으로 너 없이 보내는 시간은 하루가 240시간 같을 거
야."

내 말에 소은이는, 자기는 2,400시간이라고 해도 모자라다
며 울음을 터뜨렸다.

남겨진 나는 그랬다. 일주일이, 소은이가 돌아오는 주말을
위해 있는 것 같았다. 하지만 학원 보충수업이나 과외 때문에
소은이가 오지 못하는 날들이 늘어났다.

"애들이 완전 싸가지 없어. 내가 시골에서 전학 왔다고 무
시하는 거 있지."

"여기 애들은 공부 엄청나게 해. 벌써 중학교 진도 나가는
애들도 있어."

소은이와 전화나 문자 하는 횟수도 점점 줄어들었다. 우리
끼리 있을 때도 소은이는 새로 사귄 아이들과 카톡을 했고,
좋아하는 남자애 이야기에 열을 올렸다. 그 애 때문에 학원에
가는 것이 재미있어졌다고 했다.

"우리 학원 선생님이 나중에 대학 갈 때 전국 아이들과 경
쟁해야 하는 거니까 지금부터 미리미리 공부해야 한댔어. 우
리가 자는 동안에도 서울 강남 애들은 공부하고 있다는 걸 잊
지 말래."

여름방학 동안에도 학원 종일반에 다니기로 했다는 소은이는 더 이상 나와 뒷산을 헤집고 다니거나 내 이야기에 눈을 반짝이던 아이가 아니었다. 마당 수돗가의 세숫비누를 가져다 자기네 종족의 동상을 조각해서 세워 놓은 헛간 쥐 이야기를 해 주었더니 소은이는 잠시 머뭇거리다가 말했다.

"그런 이야기, 앞으로 다른 애들한테는 진짜인 것처럼 하지 마. 이상한 애 취급받아."

소은이는 진정으로 나를 걱정하는 눈빛이었지만 나는 그 애가 내 곁을 완전히 떠났음을 느꼈다. 나는 외롭고 슬퍼서 일주일 동안 아무하고도 말하지 않았다. 엄마 아빠는 드디어 내게 사춘기가 찾아왔다며 자기네끼리 속닥거리고 키득거렸다.

그 뒤로도 한동안 나는 침묵에 잠긴 채 나 자신에 대해 탐구했다. 엄마 아빠는 내가 보통 아이들과 다르다고 좋아했지만 사람들은 나를 이상한 아이 취급했다. 남들과 다르다는 건 좋은 게 아닐지도 몰랐다.

나는 나와 내 또래 아이들의 삶도 비교해 보았다. 우리 학교 애들만 해도 방과 후엔 교문 앞에서 기다리고 있는 노란 버스를 타고 면 소재지의 학원엘 다녔다. 명절 때 만나는 사촌들은 나를 외계인 취급했다. 내 삶이 평범한 또래 아이들의 삶과 많이 다름을 인정하지 않을 수 없었다. 아무리 둘러보아도 나처럼 미래에 대한 준비 없이 마음대로 사는 아이는 없는 것 같았다.

이런 식으로 시골에서 계속 살다간 중학교도 제대로 다니지 못할 게 뻔했다. 면 소재지에 있는 학교에 늦지 않으려면 날마다 여섯 시 오십 분에 오는 첫차를 타야 하는데 엄마나 아빠가 새벽밥을 해 줄 수 있을 것 같지도 않았고, 나 혼자 일어날 자신도 없었다. 허구한 날 지각하다가 학교를 그만둘지도 몰랐다. 그러면 또 엄마 아빠는 공부는 학교에서만 하는 게 아니라며 관두라고 할 것이다. 부모님은 늘 내 편이지만 그렇다고 영원히 내 곁에 남아 친구가 돼 줄 수는 없다. 나는 두더지나 새, 나무가 아닌 내 또래 아이들과 어울리고 싶었다.

초등학교 마지막 겨울방학을 앞두고 엄마 아빠가 세계 일주에서 인도 배낭여행으로 축소된 계획을 짜느라 들떠 있는 동안에도 나는 생각을 거듭했다. 그리고 내 키만 한 배낭이 배달돼 온 날 나는 결심을 밝혔다.

"나, 여행 안 가. 그리고 중학교는 서울에서 다닐 거야!"

많은 대화 끝에 내 말이 사춘기의 변덕이 아님을 안 엄마와 아빠는 중학교에 입학하기 전 서둘러 이사를 했다. 가격표도 안 뗀 배낭은 이삿짐센터 직원이 소중히 다루어야 할 품목 중 하나에 포함됐다.

나는 시골을 떠나기 전 며칠 동안 집 안팎과 마을을 돌아다니며 그동안 내 친구가 돼 주었던 모든 것들에게 작별을 고했다. 그러고 나자 텃밭의 두더지나 헛간의 생쥐들은 내 발자국

소리만 듣고도 도망쳤고, 길가의 나무들은 원래부터 그랬다는 듯 내가 지나가도 모르는 체했다. 마당에 아빠가 세워 놓은 솟대 위의 새마저 자기는 나뭇조각에 불과하다는 듯 꼼짝도 하지 않았다. 갑자기 삶이 단순하고 지루해졌지만 익숙해지기로 했다.

우리 가족은 학군이 좋다는 동네 변두리에 있는 다세대 주택 5층으로 이사했다. 도로 건너편의 고층 아파트에는 전세는 커녕 월세마저 비싸 갈 수 없다고 했다. 나는 고층 아파트보다 옥상을 마당처럼 쓸 수 있는 우리 집이 더 좋았다. 옥상에서는 멀리 산도 보였다. 시골에서처럼 누비고 다닐 수는 없지만 산이 보인다는 것만으로도 큰 위안이 됐다.

나는 옥상에서 우리 집과 비슷한 형태의 집들이 빼곡하게 들어선 동네 풍경을 바라보았다. 같은 모양새의 집들이 앞에도 뒤에도 있다는 게 마음에 들었다. 이제 나만 그 안에 사는 아이들처럼 바뀌면 된다. 옥상 난간에 앉은 비둘기 부부가 나누는 대화가 들려왔지만 나는 못 알아듣는 척했다. 그 뒤로 비둘기들은 내가 나타나면 날개를 푸드덕거리며 멀리 날아가 버렸다. 나는 보통 아이들과 다를 바 없어진 자신에게 만족했다.

그런데 다시 전과 같은 일이 일어나기 시작했다. 바로 학원에서였다.

내가 학원에 다니게 된 건 순전히 배형준 때문이었다. 우리 반 부회장 배형준에게 홀딱 반해 버린 것이다. 아직 초등학생 티를 벗지 못한 채 나부대는 다른 남자애들에 비해 형준이는 말수가 적고 의젓했다. 잘생기고 공부 잘하는 형준이를 좋아하는 여자애들은 나 말고도 많았다. 좋아하는 남자애와 함께 다녀서 학원이 재미있던 소은이의 마음이 이해됐다.

나는 그 사실을 소은이에게 알렸다. 우리는 다시 친해져 문자를 주고받았다. 여느 아이들처럼 주로 학교생활이나 친구, 연예인, 좋아하는 남자아이 이야기를 하였다. 형준이에게 고백하겠다고 하자 소은이가 펄쩍 뛰며 말렸다.

"너 여자애들한테 왕따당하고 싶어서 그래? 그냥 자연스럽게 친해질 기회를 만들어. 나처럼 같은 학원에 다녀도 좋고."

좋아하던 아이를 남친으로 만든 소은이의 조언대로 나는 형준이와 같은 학원에 다니기로 마음먹었다. 엄마 아빠가 내 첫사랑이자 짝사랑 이야기를 만화에 멋대로 그릴까 봐, 나는 그저 공부가 달려서 학원에 다녀야겠다고 했다. 그리고 학원비 걱정 같은 건 하지 않기로 했다. 보통 아이들은 다 그러니까.

나는 엄마와 함께 형준이가 다니는 학원을 찾아갔다. 근방에서 가장 유명한 학원이라 군이 그 학원을 택한 이유를 따로 댈 필요도 없었다. 1층 상담실에는 강의실 광경을 비춰 주는 모니터가 여러 대 설치돼 있었다. 혹시나 형준이를 볼 수 있을까 싶어 모니터를 살펴보았지만 화면엔 아이들의 뒤통수만

나와 누가 누군지 알 수 없었다.

상담 실장님은 내가 그동안 학원은커녕, 학습지조차 해 보지 않았다는 사실에 놀란 표정을 지었다.

"사교육을 시키지 않겠다는 게 그동안 저희의 교육 방침이라서요."

엄마가 자랑스러운 얼굴로 당당하게 말했다.

"네. 사교육을 받지 않고도 잘한다면 그 이상 바람직한 게 없겠지요."

실장님은 듣는 사람에 따라서는 살짝 기분 나쁠 수도 있는 발언 뒤에 얼른 덧붙였다.

"저희도 교육 사업을 하고는 있지만 밤 늦게까지 공부에 시달리는 아이들을 보면 너무 안쓰럽답니다."

사교육 현장에 있는 사람치고는 꽤나 인간적인 실장님의 설명이 이어졌다.

"우리 학원이 우리 구에서 특목고 진학률이 가장 높다는 건 알고 오셨죠? 우리 학원의 가장 큰 장점은 학생 개개인의 수준에 맞는 소수 정예 맞춤형 수업을 한다는 점입니다. 그러기 위해서 우선 레벨 테스트를 받아 보도록 하지요. 정민서라고 했지? 똑똑하게 생겼네. 저쪽 테이블에 가서 이 시험지를 풀렴."

부드러우면서도 신뢰가 가는 언행으로 실장님은 사교육에 대한 엄마의 무조건적인 적대감과 거부감을 얼마만큼 녹여 버렸다.

시험 과목은 영어와 수학이었다. 내가 웬만큼 하거나 좋아하는 국어나 사회, 예체능 같은 과목은 아예 보지도 않았다. 영어 문제도 학교에서 원어민 선생님한테 배운 회화가 아니라 문법 위주였고, 수학은 아예 처음 보는 문제들이 대부분이었다. 아는 문제가 별로 없어 금방 끝냈다. 내가 시험지를 내밀자 실장님은 놀라움과 미심쩍음이 뒤섞인 표정으로 한 선생님을 불러 채점을 맡겼다.

잠시 뒤 시험지를 받아 든 실장님이 그럴 줄 알았다는 얼굴로 고개를 끄덕였다.

"민서는 기초학력이 많이 부족하네요. 민서야, 넌 내일부터 내신 대비 드림반에서 공부하게 될 거야."

시험을 보기 전보다 위엄과 권위가 있는 목소리였다.

"그건 어떤 반인가요?"

나는 그냥 공손하게 '네' 하려고 했으나 엄마가 물었다. 혹시나 엄청난 공부량으로 아이를 혹사시키는 건 아닐까, 의혹이 가득한 눈초리였다.

나는 시험도 못 본 주제에 엄마까지 그러는 게 창피해 책상 밑에서 엄마 다리를 툭 찼다. 실장님이 잠깐 한숨을 쉬더니 말했다.

"기초학력이 부족한 학생들에게 학교 진도에 맞춰 예습 복습을 시키는 반이에요. 월요일부터 금요일까지 여섯 시에서 아홉 시 삼십 분까지 4교시 수업을 합니다. 국영수과사 과목을 날마다 돌아가면서 하고요. 그 외 과목은 시험 때 특강 들어가 줍니다. 우리 시스템대로 잘 따라 주면 성적이 눈에 띄게 향상할 거예요."

"이, 일주일 내내요? 거, 거기 말고 다른 반은 없나요?"

엄마는 약간 풀이 꺾인 목소리로 물었다. 내 입장에서는 공부를 많이 하면 할수록 배형준과 같은 공간에 오래 있는 셈이니 나쁠 게 없었다.

"다른 반요? 스카이반 같은 데는 3학년 진도를 마쳤고, 스타반도 2학년 진도를 빼고 있는 중이거든요."

"네? 이제 입학했는데 3학년 진도를 마치다니요?"

엄마는 이제 완전히 바보같이 굴었다. 나는 또 엄마를 발로 찼지만 입을 막지는 못했다.

"선생님, 이제 겨우 중1인데 너무 많이 시키는 거 아닌가요? 민서야, 너 그렇게 날마다 공부할 수 있겠어?"

엄마는 내 손목을 움켜잡은 채 학원을 박차고 나가고픈 표정으로 나를 돌아다봤다.

"할 수 있으니까 걱정하지 마."

자식을 학원에 데리고 와서, 공부 많이 시킬까 봐 전전긍긍하는 엄마한테 짜증이 났다. 엄마가 저런 식으로 키웠으니 내가 뒤늦게 고생하는 거다.

"어머님이 너무 정보가 없으시다. 스카이반은 민사고나 과학고, 외고 같은 특목고 준비반이에요. 그 애들은 이미 초등학교 2학년부터 시작했어요. 거기에 비하면 내신 대비반은 공부하는 것도 아니에요. 공부는 습관이 중요합니다. 습관이 안 돼 있으면 나중에 고등학교에 가서 고생해요. 그때 가선 후회해도 소용없어요."

실장님은 이제 엄마를 슬쩍 무시하고 있었다. 엄마는 무언가 이야기하려다 입을 다물었다. 쭉 지켜본 결과 엄마는 실장님을 이길 수 없었다. 말할수록 부모로서의 무능함만 드러날 테니 가만히 있는 게 차라리 나았다.

학원 교재, 가방과 함께 수강증을 주며 실장님이 말했다.

"이 아이디카드를 꼭 지참하고 다니도록 해. 학원 들어올 때 체크기에 카드를 찍어야 출석도 체크되고 어머니 휴대폰으로 등·하원 기록이 전송되니까. 민서 어머니, 앞으로 최선을 다해서 성적을 향상시킬 테니 믿고 맡겨 주세요."

학원에서 나온 엄마는 못 갈 데를 다녀온 듯 고개를 절레절레 흔들며 내게, 힘들면 언제든지 그만두라고 했다. 그 말을 들으니 공부가 더 하고 싶어졌다.

다음 날 나는 학원 가방에 책을 넣고, 아이디카드를 주머니에 잘 챙긴 다음 3호 차가 선다는 큰길로 나갔다. 학교에서 형준이에게 몇 호 차를 타느냐고 묻고 싶은 걸 꾹 참았다. 모르고 간 학원에서 우연히 만난 것처럼 하라고 소은이가 말해 줬기 때문이다.

큰길에는 관광차처럼 커다란 버스에서부터 노란색 승합차까지 갖은 광고 문구로 뒤덮인 학원 버스들이 줄지어 오갔다. 사복이나 교복을 입고 서성거리는 아이들도 모두 학원에 가는 아이들이었다. 나는 보통 아이라는 증표처럼 여겨지는 아이디카드를 만지작거렸다. 학원에서 알려 준 장소에 학원 버스가 위풍당당한 모습으로 멈춰 섰다.

나까지 포함해 네 명이 버스에 탔다. 처음 보는 그 애들이 같은 학원을 다닌다는 것만으로 가깝게 느껴졌다. 안으로 들어가며 형준이가 있는지 살폈지만 보이지 않았다. 학원에 도착할 때까지 몇 번 더 서니 그때마다 차창 밖을 내다보며 혹시나 하는 기대를 즐길 것이다. 하지만 자리에 앉아서야 나는 밖이 보이지 않는다는 것을 알았다. 버스 몸통의 양옆에 건 커다란 플래카드가 창문을 가리고 있었기 때문이다. 외고나 과학고 등에 합격한 학생들의 명단 같았다.

신경 쓰지 않아도 학원으로 데려다 주겠지만 밖이 하나도 보이지 않는 것이 답답했다. 문득 내 의지와 상관없이 어디론가 끌려가고 있는 듯한 기분마저 들었다. 나는 그 기분을 떨쳐 내기 위해 형준이를 떠올렸다. 내가 같은 학원에 다닌다는 것을 알면 형준이는 어떤 얼굴을 할까?

'어? 너도 이 학원 다녀? 반갑다!' '그동안 내가 너 속으로 좋아한 거 모르지?' 형준이의 달콤한 말이 귓가를 맴돌았다.

그러자 누군가 갈비뼈 부근을 간질이는 것처럼 저절로 웃음이 나왔다. 그리고 거짓말처럼, 남은 정류장들 중 한 군데서 형준이가 올라탔다. 창틈으로 고층 아파트들이 보였다. 형준이는 아무 데도 눈길을 주지 않은 채 앞자리에 앉았지만 나는 함께 3호 차를 탄다는 것만으로도 벌써 사귀기 시작한 양 흥분됐다.

학원 앞에서 버스가 서고, 뒤편에 앉았던 나는 먼저 내린 형준이를 서둘러 따라갔다. 그리고 형준이처럼 아이디카드를 꺼내 체크기에 대자 경쾌한 소리와 함께 빨간 불이 깜빡거렸다. 조금 과장하자면, 그 소리와 빛이 보통 아이들의 세계로 편입했음을 알리는 표시처럼 여겨졌다.

그러나 학원에서 형준이를 보는 일은 그것으로 끝이었다. 1층엔 안내 데스크와 휴게실, 상담실 등이 있었고, 내신 대비반 강의실은 2층인데 엘리베이터가 서지 않았다. 엘리베이터는 3층 이상 가는 아이들만 이용할 수 있었다. 형준이는 4층 스카이반이었다. 4층 아이들은 수업도 한 시간씩 더 한다는 것 같았다. 나는 보이지 않는 무언가에 가로막힌 것처럼 멈춰서 형준이가 엘리베이터를 타는 것, 그리고 내 쪽을 향해 돌아서는 모습 등을 지켜보았다. 형준이와 얼핏 눈이 마주쳤지만 그 애가 날 알아봤는지는 알 수 없었다.

나는 한숨이 나왔다. 형준이는 학교에서보다 더 멋져 보였다. 의젓하기만 한 게 아니라 실제로도 대학생 오빠처럼 성숙

해 보였다. 엘리베이터 문이 닫힌 뒤에도 툭탁거리는 가슴은 진정되지 않았다. 나는 한동안 서 있다가 계단으로 올라갔다. 한 계단, 한 계단을 밟을 때마다 열심히 공부해서 형준이와 함께 엘리베이터를 타는 강의실로 올라가리라 다짐했다.

하지만 그 일은 쉽지 않았다. 나는 다람쥐처럼 나무도 잘 타고, 경사가 심한 산비탈도 단숨에 올라갈 수 있다. 그런데 뛰어가면 1분도 안 걸릴 2층과 4층의 거리는 좀처럼 좁혀지지 않았다. 나는 교과서나 참고서에 나오는 것보다 그 밖에 있는 것들, 그리고 시험 문제에 나오지 않는다고 가르쳐 주지도 않는 행간에 숨어 있는 이야기들에 더 호기심이 생기는 자신이 한심스러웠다. 아니, 왜 그런 것들은 인정하고 존중해 주지 않는지 이상했다.

중간고사를 앞두고 나는, 그동안 공부한 것을 모두 합친 것보다 더 많은 시간 시험공부에 매달렸다. 아무리 열심히 해도 특목고 대비반에 다니는 형준이와 단번에 같은 반이 되지는 못하겠지만 함께 엘리베이터라도 타고 싶었다.

엘리베이터반 아이들과 계단반 아이들 사이엔 보이지 않는 서열이 존재했다. 선생님들의 대우도 다른 것 같았다. 친했던 사이라 할지라도 엘리베이터와 계단으로 갈라지다 보면 차츰 멀어졌다. 나는 원래 친하지도 않은 사이인 형준이와 영영 가까워지지 못할까 봐 조바심이 났다.

중간고사 대비로 돌입한 학원 복도의 게시판에는 전쟁을

앞둔 것처럼 비장하고 섬뜩한 구호들이 즐비했다. 어느 날, 자습을 하다 졸음을 쫓기 위해 화장실에서 세수를 한 뒤 무심코 거울을 본 나는 깜짝 놀랐다. 내 얼굴이 늙수그레한 모습으로 변해 있었기 때문이다. 나는 얼른 내 얼굴을 만져 보았다. 손에 느껴지는 감촉은 세수할 때와 다르지 않은데 거울에 비친 모습은 노인이었다.

이건 무엇을 잣대로 한 나이지? 마음의 나이가 반영된 건가? 그건 아닌 것 같다. 요즘의 나는 그다지 철든 생각을 하지 않기 때문이다. 그보다 이제 겨우 보통 아이들의 삶에 적응하기 시작했는데 갑자기 왜 다시 이런 일이 생기는 건지 그게 더 걱정되고 당황스러웠다.

그때 우리 반 아이 두 명이 화장실로 들어왔다. 걸핏하면 수업 시간에 수다 떨다 걸리는 아이들이었다. 그런데 한 아이는 머리가 희끗희끗했고, 한 아이는 본래 모습 그대로였다.

"우리 엄마가 이번에 성적 안 오르면 휴대폰이랑 인터넷 끊는대. 완전 짜증 나."

머리가 센 애가 투덜거렸다.

"우리 엄마는 포기했어. 그런데도 학원엔 다녀야 한대. 엄마가 불안해서 안 된다나. 차라리 그 돈으로 연기 학원이나 보내 줄 것이지."

거의 아무것도 변하지 않은 아이가 말했다. 눈을 감고 고개를 흔든 다음 다시 눈을 뜨니 나도 머리 센 애도 원래대로였다. 나는 안도의 숨을 내쉬었다. 그날을 시작으로 종종 같은 현상이 나타났다. 그나마 다행인 건 이상한 현상이 학원에서 만 일어난다는 사실이었다. 나는 내 눈에 보이는 것들이 비과학적이며 기이한 일임을 자신에게 일러 주며 무시하기로 했다. 그전에 일어났던 이상한 일들—꼬마별 하나가 내 다락방에 놀러 왔다 하늘 문이 닫혀 못 돌아간 이야기라든지, 전기나간 밤 반딧불이 89마리가 몰려와 비춰 주는 불빛 아래서 책을 읽었다든지 등—은 내가 아무 의심 없이 받아들였기 때문이다. 앞으론 절대 그러지 않을 것이다.

내 의지와 상관없이, 시험이 가까워질수록 학원에는 늙고 지친 모습을 한 아이들이 늘어났다. 거울에 비친 내 모습에서도 흰 머리와 주름살이 많아지고 있었다. 그런 아이들 틈에서 형준이는 후광을 거느린 채 빛났다. 나는 혹시라도 그 애한테 내 모습을 들킬까 봐 잔뜩 움츠리고 다녔다.

시험 첫날이 끝났다. 채점을 해 보니 성적이 많이 올랐지만 엘리베이터반이 되기에는 턱없이 부족했다. 남은 과목들에서 만회를 해야 했다. 나는 학교가 파하자마자 곧바로 학원으로 갔다. 성적 나쁘다고 야단치지 않는 대신 아무 배려도 해 주지 않는 집에서는 시험공부를 할 수가 없었다. 시험 기간 동안 자습실에서 자율적으로 공부할 수 있는 학원이 훨씬 나았다. 이른 시간이어선지 아이들도 거의 없었다.

2층에 도착한 나는 자습실로 향하던 걸음을 멈추었다. 갑자기 위층에 대한 호기심이 솟구쳐 올랐다. 형준이가 공부하는 곳은 어떤지 너무 궁금했다. 나는 심호흡을 한 뒤 4층으로 향하는 비상 계단을 오르기 시작했다. 층계 하나하나가 높은 고개라도 되는 것처럼 힘들었다. 겨우 3층을 지나 4층 계단의 꺾어지는 부분을 돌아서던 나는 숨이 막힐 만큼 놀라 멈춰 섰다.

형준이가 계단 중간에 앉아 있었다. 계단반인 주제에 몰래 4층으로 가다 들킨 게 창피했다. 더 올라가지도, 내려가지도 못하고 엉거주춤 서 있는데 형준이가 나를 바라보았다.

'여긴 웬일이냐고 물으면 어쩌지?'

그러면서도 혹시나 하는 기대에 가슴이 뛰었다.

"나 혹시 늙어 보이지 않냐?"

뜻밖의 질문에 가슴이 철렁 내려앉았다.

'느, 늙은 모습인가, 지금?'

나는 허둥지둥 내 얼굴을 만져 보았다. 손바닥의 느낌만으로는 알 수 없었다. 하지만 형준이가 괜히 그런 말을 할 리 없다. 상대편 얼굴에 검정이 묻어 있으면 내 얼굴도 확인해 보고 싶은 법이다. 형준이의 질문은 주름살투성이인 내 모습 때문이다. 하필이면 처음으로 단둘이 있게 됐을 때 들키다니.

"너, 너도 보여?"

나는 울고 싶은 심정으로 물었다. 형준이가 나를 내려다보았다. 지쳐 보이긴 했지만 여전히 멋진 모습이었다.

"뭐가 보인다는 거야?"

형준이가 영문을 모르겠다는 얼굴로 되물었다. 아닌 모양이다. 나는 몰래 가슴을 쓸어내렸다.

"아, 아니 평소처럼 보인다구."

나는 얼른 내 말을 수습했다.

"그런데 칠십 년도 더 산 기분이야."

형준이가 가래 끓는 소리로 말하더니 관절이 다 닳은 노인처럼 천천히 일어섰다. 그러고는 돌아서 한 계단, 한 계단 힘겹게 올라갔다. 등마저 굽은 듯했다. 나는 우두커니 선 채 형준이의 뒷모습을 바라보았다. 계단을 다 올라간 형준이가 강의실이 있는 비상구 문 안으로 들어가려다 힐끗 돌아다보았다. 나는 '헉' 하고 비명이 터져 나오는 입을 틀어막았다. 분명히 허리가 꼬부라지고 머리가 하얗게 센 노인이었다. 그런 모습으로 형준이는 사라졌다.

비상구 문이 닫힌 뒤 나는 무너지듯이 계단에 주저앉았다. 형준이가 들어간 곳에는 스카이반이 아니라, 그 애 자신을 제물로 바칠 제단이 있을 것만 같았다. 나는 허둥지둥 휴대폰을 꺼내 얼굴을 비춰 보았다. 동굴처럼 보이는 검은 화면에 나이를 가늠할 수 없는 얼굴 하나가 떠올랐다. 나뭇가지가 장난을 걸어오거나, 별똥별이 내 다락방에 와 잠을 자고 가는 일쯤은 당연하게 여기던 그 모습도 아니고, 부모님보다 성숙한 마음 나이의 얼굴도 아니었다. 무엇으로 잰 나이인지 도무지 알 수 없는 얼굴이었다.

나는 얼마인지 모를 만큼 오래도록 그 자리에 앉아 있었다. 쉽게 정리되지 않는 혼란 속에서 점점 뚜렷해지는 게 있었다. 열네 살, 온전한 나 자신의 모습으로 살고 싶다는 열망과, 그러기 위해서는 지금 당장 일어나 계단을 내려가야 한다는 것!

천국의 아이들

４월 30일 자정을 기해 노숙인들은 더 이상 도시의 지하도나 역내에서 밤을 보낼 수 없었다. 시 당국은 노숙인 쉼터의 확충을 대안으로 내놓았다. 수치상 턱없이 부족한 수용 공간은 가차 없는 까다로운 규칙 적용으로 인한 강제 퇴거나 이용자들의 자발적인 기피로 메웠다. 쉼터보다 더 확실한 대안은 따뜻해지는 날씨였다. 단속이 심해지자 거리의 사람들은 더 이상 실내에 미련을 두지 않고 뿔뿔이 흩어져 어디론가 스며들었다.

시 외곽의 그곳에도 사람들이 모여들기 시작했다. 짓던 중인지, 헐던 중인지 모를 만큼 황폐해진 거대한 구조물이었다. 몇 해 전 건축주는 인간에게 필요한 모든 시설이 들어선 공간을 꿈꾸며 착공과 동시에 분양에 나섰다. 새로운 랜드마크가 될 게 분명한 건물명은 '파라다이스'였다.

짓기 전부터 원주민에 대한 보상 문제로 시끄럽던 파라다이스는 한 층 더 높아질 때마다 명성과 아울러 추문을 보탰다. 37층까지 올라갔을 때 건물에 얽힌 사람들의 구속과 자살이 이어지더니 급기야 건설사의 부도와 더불어 공사가 중단됐다. 그러자 이번에는 분양받은 사람들의 분노와 억울함의 아우성이 연일 메아리쳤다. 빚까지 끌어다 분양받았던 사람들 중 두 명이나 자기 점포가 될 자리에서 목을 맸다.

뉴스에 등장하는 온갖 추악한 편법과 비리의 집합체였던 파라다이스는 인간들이 끝이 보이지 않는 진흙탕 송사를 벌이는 동안 점점 흉측한 몰골로 변해 갔다. 기둥과 바닥 겸 지붕뿐인 건물에선 포장재며 가림막 천 등이 바람에 너풀거렸다. 해지고 찢기고 바랜 그것들은 하나하나, 원혼들의 몸부림이나 아우성으로 느껴진다고 어떤 칼럼니스트가 지역 신문에 기고했다. 하지만 거리의 사람들에겐 더 이상 내쫓길 걱정 없는 안전한 공간이었다.

당연히 엘리베이터가 없는 데다 공사용 리프트도 망가진 파라다이스는 지상에서 가까울수록 로열층 대접을 받았다. 그러나 아이들은 가장 높으면서 비는 가릴 수 있는 37층을 아지트로 삼았다. 천장이 없는 38층은 옥상 역할을 했다. 아이들은 37층을 펜트하우스라고 불렀다.

준은 계단을 허청허청 걸어 올라 드디어 펜트하우스에 도착했다. 두려움과 긴장이 피곤함을 밀어냈다. 구름 속에 숨은 달이 어슴푸레한 빛을 비추는 37층은 텅 빈 공간을 떠받치고 있는 즐비한 기둥들 때문인지 신화 속의 신전 같았다. 준은 문득 자신이 신전 제단에 바쳐질 제물처럼 여겨졌다. 생각을 떨쳐 내기 위해 고개를 흔들던 준은 안경이 없음을 깨달았다. 난시와 근시가 급격하게 와 얼마 전부터 안경을 쓰기 시작한 준은 콧잔등이 눌리는 느낌 때문에 종종 벗어 놓은 채 지내곤 했다.

준은 기둥 하나에 몸을 숨긴 채 조심스레 주위를 살폈다. 듣던 대로 여기저기 아이들이 있었다. 어둠과 흐릿한 시야가 합쳐져 아이들은 웅크린 짐승처럼 보였다. 금방이라도 날카로운 이빨과 발톱을 드러내며 달려들지 모를. 준이 지금 가장 두려운 건 어디에나 있기 마련인 신고식 같은 요식 행사였다. 이곳 아이들은 악행도 서슴지 않는 무리일 것이다. 준은 떨리는 다리에 힘을 주고 어금니를 꽉 물었다.

그런데 이상하게도 아이들은 준의 등장에 별다른 관심을 보이지 않았다. 교실에 들어갔는데 아무런 안내나 관심도 받지 못한 전학생처럼 어색하고 민망해진 준은 잠시 멀뚱히 서 있었다. 기억하는 한 열여섯 살이 되도록 이렇게 무관심 상태에 놓였던 적은 한 번도 없었다. 상대할 가치조차 없다는 뜻일까? 자신이 저지른 짓을 생각하면 그래도 마땅하지만 이곳 아이들이 그 사실을 알 리 없었다. 준은 아이들의 냉담한 반응에 안도하면서도 아직 마음을 놓아서는 안 된다고 자신에게 일렀다.

준은 아이들과 가장 멀리 떨어진 기둥에 의지한 채 쭈그리고 앉았다. 그런 다음 적을 만난 공벌레처럼 무릎을 껴안곤 몸을 최대한 힘껏 말았다. 낮에 큰일을 겪었던 데다 37층까지 오느라 기력이 완전히 소진됐지만 머릿속은 야행성 동물처럼 더 환하게 깨어나고 있었다. 멀리 시내의 야경이 딴 세상처럼 펼쳐져 있었다.

아무리 생각해도 오늘 벌어진 일은 자기가 한 것 같지 않았다. 커닝을 하다니. 그것도 이미 수능 물리를 배우고 있는 자신이 과학 시험 시간에 부정행위를 하다니. 아무리 어제 영어 시험 보면서 순간순간 머릿속이 하얘지는 증상을 겪었다고 해도 말이다. 준은 자신이 그런 짓을 한 게 정말 맞는지 누구에게라도 확인해 보고 싶었다. 하지만 학부모 시험 감독에게 걸려 시험지를 빼앗긴 건 분명히 준, 자신이었다. 아이들의 수군거림과 선생님의 놀란 반응을 뒤로하고 교실에서 도망친 것도 분명히 준이었다. 교복 차림인 채로 집 나온 아이들이 모여드는 파라다이스 37층에 와 있는 게 바로 그 증거다.

그 와중에도 엄마 앞으로 미안하다는 쪽지를 남긴 건 다행이었다. 충격받았을 엄마를 생각하자 새삼스레 괴로워졌다. 그런데 미안하다고 쓴 건 맞나? 경황이 없어 뭐라고 썼는지도 잘 생각나지 않았다. 준은 도려내고 싶은 낮의 기억과, 아이들이 당장이라도 자신을 덮칠 것 같은 공포 때문에 제대로 잠을 이룰 수 없었다.

지금쯤 엄마 아빠는 얼마나 애타게 자신을 찾고 있을까? 준은 하루도 채 지나지 않아 벌써 엄마에게 연락하고 싶었다. 하지만 휴대폰은 시험 전에 선생님한테 제출하고 없었다. 준이 맨바닥에 쓰러진 채 까무룩 잠 속으로 빠져든 건 동이 틀 무렵이었다. 엄마 아빠의 실망과 질책, 학교 아이들의 조롱과 비웃음이 악몽으로 찾아왔다. 잠이 든 상태에서도 준은 떨었고, 흐느꼈고, 괴로워했다.

준은 무언가 어른거리는 느낌에 흠칫 놀라 깨어났다. 무심코 눈을 뜨던 준은 비명을 지르며 얼굴을 감쌌다. 잘 벼린 화살촉 같은 강한 빛이 눈시울을 찌른 때문이었다. 잠시 후 살며시 손을 떼며 눈을 뜨자 다시 빛이 파고들었다. 준은 잔뜩 찡그린 얼굴로 일어나 앉았다. 자세를 바꾸자 타깃을 잃은 타원형의 빛 뭉치가 바닥에서 이리저리 움직였다. 누군가 거울로 장난을 치는 거였다. 드디어 신고식이 시작된 모양이다. 조용히 지나갈 리가 없었다.

준은 겁먹은 얼굴로 빛의 근원지를 찾았다. 대각선으로 50미터쯤 떨어진 곳이었다. 준은 초점을 맞추기 위해 눈을 가늘게 뜨고 바라보았다. 흐릿한 가운데서도 거울 주인이 파랑머리인 것만은 알 수 있었다. 파란 염색이라니. 노란색이나 그 외의 다른 색으로 염색한 아이와는 비교도 안 되는 날라리일 것 같았다. 거리가 주는 안도감 덕분에 준은 좀 더 자세히 살펴볼 수 있었다. 파랑머리가 예정대로라면 창문이 달렸을 턱에 걸터앉아 있었다.

준은 다른 아이들의 위치를 살피려고 주위를 둘러보았다. 환한 햇살에 지난밤에는 신전처럼 보이던 37층의 실상이 적나라하게 들어왔다. 준이 있는 곳은 마감 덜 된 천장과 바닥, 멋대가리 없는 시멘트 기둥만 늘어서 있는 공사 중(단된) 건물에 불과했다. 바닥엔 건축 자재뿐 아니라 담요 쪼가리, 낡은 점퍼, 운동화짝, 빈 캔이나 음료수 병 같은 것들이 굴러다녔다.

아이들이 보이지 않는 게 이상했지만 아무것도 없는 이곳에선 할 일도 없을 터였다. 거리로 몰려 나가 함부로 침을 뱉으며 도둑질을 하고, 삥을 뜯고, 패싸움을 하며 놀다 밤에나 돌아오겠지. 그 무리에 끼지 못하고 여기 남아 고작 거울 장난이나 치고 있는 파랑머리가 준은 만만하면서도 슬며시 반가웠다. 여기 있는 아이들은 모두 싸움을 잘할 거라는 생각은 편견일 수도 있다. 별별 아이들이 다 있는 교실처럼 이곳 아이들도 각양각색일 것이다.

파랑머리가 창턱에서 일어섰다. 몸집마저 왜소했다. 저 정도면 당하지만은 않을 수도 있다. 준은 체육까지 과외를 받았던 몸으로 운동신경도 웬만큼 발달해 있었다. 파랑머리가 가까워지는 동안 잔뜩 힘이 들어가 있던 준의 주먹이 스르르 풀렸다. 머리가 짧아 당연히 남자애라고 생각했는데 뜻밖에도 여자아이였다. 파랑머리는 사계절 옷을 두서없이 섞어 걸치고 있었다. 갖고 있는 옷을 모두 껴입은 듯한 모양새가 영락없는 노숙자였다. 그런데도 들고 있는 거울은 반 여자애들도 많이 갖고 다니는 공주 거울이었다.

파랑머리를 비웃던 준은, 단벌인 자신이 그 애보다 나을 것도 없다는 사실을 깨닫곤 굳은 얼굴이 되었다. 귓바퀴 가득으로도 모자라 눈썹 위까지 피어싱을 한 파랑머리를 여자라고 해서 얕볼 수는 없었다. 요새는 남자보다 더 무서운 여자 일진도 많으니까.

파랑머리가 앞에 와 섰을 때 준은 호의적인 표정을 짓고 싶었지만 자기도 모르게 얼굴을 찌푸렸다. 악취 때문이었다. 세상 모든 냄새를 합쳐 놓은 듯한 악취는 한 번 맡으면 영원히 각인될 것처럼 지독했다. 파랑머리에게서 풍겨 오는 냄새가 분명했다. 어째서 놀러 나간 무리에 끼지 못하고 혼자 남겨졌는지 알 것 같았다. 학교에서도 냄새나거나 공부 못하는 애들은 왕따를 당하곤 했다. 염색하고 피어싱 할 시간은 있으면서, 씻거나 옷 갈아입을 정신은 없는 건지 이해가 안 갔다.

파랑머리는 더 가까이 오는 대신 조금씩 뒷걸음치더니 준과 마주 보이는 기둥에 기대어 앉았다. 그러곤 준을 빤히 바라보았다. 조그만 얼굴에서 쌍꺼풀진 눈이 호기심으로 반짝이고 있었다. 그동안 익숙하게 받아 온 눈길이다. 예쁘고, 공부 잘하고, (방금 추가된 항목인) 깨끗한 여자애들의 관심도 모르는 척했는데 냄새나는 파랑머리라니. 넘볼 사람을 넘봐야지. 준은 파랑머리가 집 나왔다고 자기를 같은 부류로 보는 것 같아 기분이 나빠졌다.

준은 조끼 아래 입은 흰색 셔츠가 더러워지기 전에 이곳을 떠나게 될 거라고 믿었다. 자신이 어디에 있든 엄마가 찾아낼 것이다. 아빠 또한 아들이 거리의 부랑자가 되는 건 원치 않을 테니, 전학이든 유학이든 다른 길을 만들어 줄 것이다. 국제중에 떨어졌을 때 아빠 말대로 유학을 갈 걸 그랬다는 후회가 들었다. 그때는 혼자 외국에 가야 한다는 사실이 너무 겁났다.

"넌 여기 어쩌다 왔어?"

파랑머리가 물었다. 약간 쉰 듯한 목소리가 신경에 거슬렸다. 근거 있는 자신감을 회복한 준은 파랑머리의 질문을 무시했다. 교실에서도 준은 공부 못하거나, 공부 잘해도 가난하거나, 노는 아이들과는 말을 섞어 본 적이 없었다. 늘 학교 임원인 엄마가 학년 초면 준이 어울릴 아이들을 일러 주곤 했다. 파랑머리 같은 아이는 영원히 그 명단에 낄 수 없다는 걸 준은 엄마 없이도 알 수 있었다.

파랑머리가 무언가를 준 앞으로 던졌다. 낱개 포장된 과자가 준의 무릎 위에 떨어졌다. 준이 바라보자 파랑머리가 먹으라고 손짓했다. 그러고 보니 어제 점심, 저녁, 오늘 아침, 세 끼나 걸렀다. 그에 비하면 시장기가 크게 느껴지지는 않았다. 아무리 굶어 죽을 지경이 돼도 냄새나는 파랑머리가 던져 준 과자를 먹을 리는 없겠지만. 마음과 달리 포장지 안에 들어 있을 과자를 생각하자 허기가 몰려오며 입에 군침이 돌았다. 준은 혹시라도 팔이 제멋대로 움직일까 봐 무릎을 꽉 끌어안고 자물쇠를 채우듯 양손으로 깍지를 끼었다. 무릎을 세우는 통에 과자가 바닥으로 떨어졌다.

그때 어디선가 잿빛 고양이가 달려와 과자 봉지를 앞발로 건드렸다. 집에서 고양이를 키우고 있는 준은 반가웠다. 한편으론 길고양이가 뭐 먹을 게 있다고 이 꼭대기까지 올라왔는지 불쌍하기도 했다.

"블루……."

파랑머리가 불렀다. 뭐야, 자기 머리색 따라서 지은 거야? 길고양이에게 이름까지 지어 준 걸 보면 파랑머리가 이곳의 터줏대감일지도 모른다는 생각이 들었다. 한눈에도 집 나온 지 하루 이틀 된 모양새가 아니었다. 블루는 과자에 대한 관심을 버리고 날 듯이 뛰어올라 파랑머리 무릎 위에 안착했다. 그러곤 파랑머리 품에 얼굴을 비벼 대며 애교를 떨었다. 1년 가까이 키운 준이네 고양이 '만두'는 어찌나 도도한지 사람을 따르는 법이 없었다. 만두 어미를 키우는 이모가 그런 게 고

136

양이 특성이자 매력이라고 해서 그러려니 했다. 하지만 특성 조차 버린 채 파랑머리에게 아양 부리는 고양이를 보자 묘한 경쟁심이 생겼다.

준은 과자를 집어 들어 포장지를 벗겼다. 조금 떼어 든 채 이름을 부르자 블루가 사뿐한 몸짓으로 다가와 과자를 물었 다. 까끌까끌한 고양이 혀가 손끝에 닿았다. 준은 과자를 조금 씩 나누어 준 끝에 블루를 무릎에 앉힐 수 있었다. 다행히 고 양이에게선 냄새가 나지 않았다. 먹이 좀 줬다고 금방 따르다 니. 만두라면 상상도 할 수 없는 일이다.

"고양이 키워 봤어?"

준을 지켜보던 파랑머리가 말했다.

"지금도 집에 있어."

준은 퉁명스레 대꾸했다.

"그래? 얼마나 됐는데?"

"1년."

"그렇구나."

고개를 끄덕이는 파랑머리 얼굴에 호감이 서렸다. 준은 자 기도 모르는 새 파랑머리와 말을 나누고 있음을 인식했지만 갑자기 태도를 바꿀 수도 없었다.

"넌 어쩌다 여기 왔어?"

파랑머리가 또 물었다. 처음 본 사이에 한 번 대답을 피했 으면 모르는 척하는 게 예의지. 대꾸 좀 해 줬다고 친구라도 된 줄 아는 모양이지. 설령 친구라고 해도 지금으로선 가장 꺼내고 싶지 않은 이야기였다. 준은 신고식이 두려웠던 이유가 폭력보다는 그 질문이 싫어서였음을 깨달았다.

"그러는 넌 어쩌다 왔는데?"

대답을 피하는 방법 중 하나는 질문을 되돌려 주는 것이다.

"블루 땜에."

파랑머리는 순순히 대답했다. 어느 틈엔가 블루는 파랑머리 무릎 위로 옮겨 가 있었다. 얌체 같은 놈, 과자만 홀랑 먹고는. 누가 길고양이 아니랄까 봐. 만두라면 절대 그러지 않을 것이다.

"그깟 길고양이 때문에 집을 나왔다고?"

준이 비웃듯 말했다.

"누가 길고양이래? 블루는 3년이나 키운 내 고양이야."

파랑머리가 발끈했다. 준은 머쓱해졌다. 그렇다고 해도 고양이 때문에 집을 나왔다는 건 여전히 이해되지 않았다. 그런 게 아니라 쫓겨났겠지. 딸이 파랑머리에 여기저기 피어싱하고 다니는 꼴을 잠자코 지켜볼 부모는 없을 것이다.

"우는 소리 듣기 싫다고 아빠가 블루를 창밖으로 내던졌거든."

파랑머리가 남 얘기 하듯 말했다.

"뭐? 몇 층에서?"

준은 기둥에 기댔던 몸을 벌떡 일으킬 만큼 놀라 물었다.

"13층."

"말도 안 돼. 근데 안 죽었어?"

파랑머리가 대답 대신 블루를 쓰다듬으며 쓸쓸한 미소를 지었다.

바보 같은 질문이었다. 안 죽었으니까 지금 눈앞에 있는 거 겠지. 동시에 준의 머릿속에 1학년 방학 때 과학 탐구 보고서 를 쓰느라 조사했던 내용이 떠올랐다. 고양이가 높은 곳에서 떨어져도 안 다치는 이유에 관한 보고서였다. 유연하고, 몸의 균형을 잡아 주는 기관이 잘 발달되어 있기 때문이라고 했던 것 같다. 조사한 바로는 24층에서 떨어지고서도 죽지 않은 고 양이도 있었다. 기적 같은 일이라고 여겼는데 그런 고양이가 실제로 앞에 있다니. 준은 새삼스러운 눈길로 블루를 바라보 았다.

"근데 걔, 중성화 수술은 해 줬냐? 그 수술 하면 좀 덜 우는 데."

준이 문득 생각나 말했다.

"그게 뭔데?"

"넌 3년씩이나 키웠다면서 그런 것도 모르냐? 동물들은 발 정기가 되면…….."

무심코 말하던 준은 멈칫했다. 아무리 관심 없다 해도 파랑 머리는 여자애였다. 여자애 앞에서 발정기, 어쩌고 하는 말을 하기는 쉽지 않았다. 그렇지만 부끄러워하는 티를 내다 파랑머리가 저한테 관심 있는 줄 착각할 수도 있었다. 여자애들은 제멋대로 상상하기 선수였다. 준은 부러 더 건조한 표정을 지은 채 말을 이어 나갔다.

"블루, 암컷이야, 수컷이야?"

"수컷."

"암튼 고양이들은 발정기가 되면 짝을 찾느라 엄청 시끄럽게 울고, 특히 수컷은 여기저기 영역 표시하려고 오줌 싸고 돌아다니거든. 암컷이면 새끼를 계속 낳는 것도 문제고. 그걸 막기 위해 중성화 수술을 해 주는 거지."

만두가 암컷이라 중성화 수술을 하는 과정에서 알게 된 사실이었다.

"맞다. 우리 블루도 밤마다 정말 시끄럽게 울었어. 그래서인 걸 몰랐네."

파랑머리가 안타까워했다. 준은 이유를 알게 된 파랑머리가 당장 블루를 데리고 집으로 돌아갈까 봐 걱정됐다. 엄마가 찾으러 올 때까지는 파랑머리라도 있는 게 나았다. 오늘 밤도 무사히 지나가리란 보장은 없었다.

"수술은 태어나서 처음 발정기 오기 전에 해 줘야 한대. 블루는 너무 늦었어."

준이 얼른 둘러댔다. 이곳에 있는 아이들은 어떤 아이들인지, 여기서 지내려면 어떤 규칙이나 질서 들을 지켜야 하는지, 생존을 위해—곧 부모님이 찾으러 오겠지만 그때까지만이라도―알아야 할 것들이 많았다. 파랑머리는 준의 말에 의심 없이 고개를 주억거렸다.

"니네 고양이 이름은 뭐야?"

"만두."

정보를 캐내기 위해선 좀 더 친해지는 것도 나쁘지 않을 것 같다. 휴대폰이 없어 똥똥하고 포실포실해 더 귀여운 만두 사진을 보여 줄 수 없는 게 안타까웠다.

"만두도 그 수술 해 줬어?"

"당연하지."

"걔도 수컷이야?"

"아니, 암컷."

엄마는 중성화 수술을 조건으로 고양이 키우는 걸 허락했다. 인터넷을 찾아보니 중성화 수술을 시키지 않으면 발정기 때마다 시끄러운 울음소리로 이웃과의 분쟁이 생기거나, 밖으로 도망쳐서 잃어버릴 수도 있다고 했다. 그리고 새끼를 낳는 대도 다 기를 수도 없고, 줄 데도 없어 골치라고 했다. 준은 엄마 말에 따랐다.

"그런데 억지로 새끼 못 낳게 하는 것도 잔인한 것 같다. 키우질 말든지."

파랑머리가 얼굴을 찡그리며 말했다. 뭐라는 거야. 13층에서 내던져지는 것보다는 낫지. 준은 면박 주고 싶은 걸 꾹 참았다. 파랑머리 기분을 상하게 해서 좋을 게 없었다.

"애들은 다 어디 가고 너만 있어?"

준이 화제를 바꾸었다. 준은 파랑머리가 집 나온 이유보다 그게 더 궁금했다.

"애들이야 자기 볼일들 보러 나갔겠지. 난 귀찮아서 그냥 있는 거고."

자기 마음대로 행동하는 걸 보니 파랑머리가 진짜 실세인 게 틀림없었다. 슬그머니 뒤가 켕긴 준은 실수한 건 없는지 자신의 행동을 되짚어 보았다. 속으로 무시한 것도, 고양이 이야기 하면서 잘난 척한 것도 마음에 걸렸다.

"어쩌다 왔는지 너, 말 안 했다."

파랑머리가 상기시켰다. 그동안 봐준 걸 수도 있다. 그렇다고 해도 갑자기 꼬리를 내리기는 자존심 상했다.

"뭐, 그냥 갑자기 다 시시해져서."

준은 겁먹은 걸 들키지 않으려고 어깨를 부풀리고 목소리를 깔았다. 하지만 파랑머리는 준의 노력을 알아차리지 못한 눈치였다. 고맙게 더 이상 캐묻지도 않았다.

"중2? 중3?"

파랑머리가 이번에는 나이를 가늠해 보려는 듯 살피는 눈길로 물었다.

"중3."

준은 중2병에 걸려 집 나온 게 아니라는 듯 힘주어 말했다. 파랑머리가 뭘 알았다는 건지 고개를 끄덕였다.

"넌?"

준은 지금까지보다는 소심해진 기색으로 물었다. 파랑머리가 당황한 표정으로 대답했다.

"모, 몰라."

그동안 반말하는데도 가만히 있었던 걸 보면 준과 동갑이거나 한 살이라도 적은 게 분명했다. 그런데 벌써 저렇게 이골이 난 떠돌이의 포스를 풍기다니. 추측한 대로 집 나온 이유가 블루 때문이 아니라 일찍부터 싹수가 노랬던 게 맞다.

"모르는 게 말이 돼? 몇 살인데?"

파랑머리가 당황하자 자신감이 조금 살아난 준이 재차 물었다.

"정말 몰라. 집 나오니까 나이 셀 일이 없어져 버렸어."

"집 나올 때 몇 살이었고, 그 뒤로 얼마나 지났는지 계산하면 되잖아."

숨기니까 더 궁금해졌다.

"모른다니까."

파랑머리가 발딱 일어섰다. 이쯤은 별것 아니라는 듯 블루는 사뿐히 착지했다. 옷자락이 펄럭이자 고약한 냄새가 퍼졌다. 준은 자기도 모르게 코를 쥐다 파랑머리가 되돌아서는 것을 보곤 얼른 떼었다. 파랑머리가 다가오더니 과자 한 개를 다시 준의 무릎 위에 떨어뜨렸다. 준은 들숨을 참았다.

"참, 깜빡했는데 여기선 서로 상관하지 않는 게 룰이야. 각자 알아서 머물다 떠나고 싶을 때 가면 돼."

파랑머리는 그 말을 남기고 돌아섰다. 그럼 여태 나한테는 왜 말 걸고 이것저것 물어본 건데? 준은 당한 기분이 들어 파랑머리 뒷모습을 노려보았다. 하지만 생각해 보니 자신보다 파랑머리 신상이 더 많이 털렸으니 손해는 아니었다.

파랑머리는 아까 있던 자리로 돌아갔다. 그쯤이 파랑머리의 구역인 모양이었다. 블루는 파랑머리를 따라갔다. 그런데 오른쪽 뒷다리가 맥없이 공중에서 흔들거리는 게 눈에 들어왔다. 13층에서 떨어진 후유증인가. 떨어지다 다른 물체와 부딪치는 2차 피해를 입을 수도 있다니까.

블루를 좇던 눈길이 파랑머리에게 가닿았다. 창틀에 앉은 파랑머리가 담요를 주워 몸을 감쌌다. 준은 더워서 조끼를 벗고 싶던 참이었다. 블루를 품에 안은 파랑머리가 거울을 들여다보았다. 거울 볼 정신 있으면 좀 씻을 것이지. 준은 파랑머리가 다시 만만해졌다.

파랑머리는 그 뒤로 더 이상 준에게 관심을 보이지 않았다. 준은 허기를 참지 못하고 파랑머리가 던져 준 과자의 포장을 뜯어 조금씩 떼어 먹었다. 우유나 콜라 생각이 간절했다. 먹을 것을 구하러 나가지 않고도 과자가 있는 걸 보면 파랑머리는 무시할 수 없는 존재임이 분명했다. 그런 애가 서로 상관하지 않는 게 이곳 룰이라고 했으니 신고식 따위를 겁낼 일은 없었다. 준은 섣불리 거리로 나가 나쁜 짓을 보태는 대신 엄마가 찾으러 올 때까지 펜트하우스에 남아 잘 버티기로 했다.

둘째 날도 뒤척이다 새벽에 잠든 준은 해가 펜트하우스 깊숙이 들어왔을 때서야 일어났다. 지난밤, 그림자처럼 어둠 속으로 잠겨 들었던 아이들은 보이지 않았다. 오늘도 나간 모양이었다. 어젯밤 제 눈으로 확인하지 않았다면 이곳에 아이들이 있다는 사실도 믿어지지 않았을 것이다. 파랑머리 말대로 아이들은 돌아와서 서로 어울리는 대신 각자 조용히 잠속으로 빠져들었다. 밤마다 욕설과 폭력, 담배와 술, 본드 등 준이 들어 본 온갖 못된 짓이 난무할 줄 알았는데 아무 일도 없는 게 오히려 신기했다.

준은 파랑머리가 있는 쪽을 살폈지만 보이지 않았다. 블루도 없었다. 오늘은 나간 건가. 혼자라고 생각하자 외로움이 몰려왔다. 그때 위층에서 노랫소리가 들려왔다. 준은 귀를 기울였다. 낮에 놀다 두고 온 나뭇잎 배는……. 요새는 초딩도 부르지 않는 동요였다. 파랑머리 같았다. 말할 때와 달리 의외로 소리가 맑았다. 위층이면 옥상일 것이다. 준은 너무 무료한 데다 옥상이 궁금해서일 뿐이라고 혼잣말을 하며 일어섰다.

옥상에 이르자 파랑머리와 블루보다 드넓게 펼쳐진 하늘이 먼저 눈에 들어왔다. 아래층에서 보던 풍경과는 또 달랐다. 탁 트인 전망에 가슴이 다 시원해지는 것 같았다. 높은 건물들에 의해 조각나고 매연에 찌들어 꾀죄죄하던 하늘이 자기 본연의 모습을 과시하는 듯했다. 햇살 또한 거침없이 쏟아졌다.

파랑머리는 옥상 한가운데 쭈그리고 앉아 같은 노래를 계속 흥얼거리고 있었다. 엄마 곁에 누워도 생각이 나요……. 준은 무엇인가 들여다보고 있는 파랑머리에게로 다가갔다. 블루가 그 옆에서 몸을 한껏 늘인 채 햇볕을 즐기고 있었다. 준의 등장에도 관심 없는 모습을 보니 이제야 고양이다웠다. 준을 본 파랑머리가 노래를 멈췄다. 갑자기 세상 모든 소리가 사라진 듯 적막해졌다.

파랑머리가 들여다보고 있는 건 빈 깡통과 플라스틱 그릇을 화분 삼아 핀 꽃이었다. 노란 건 민들레고 보라색은 제비꽃이다. 아파트 화단에도 흔하게 핀 꽃이었지만 높디높은 시멘트 건물에서 보니 새로웠다. 파랑머리가 심은 모양이었다. 동요와 꽃이라니. 그뿐인가, 한 손엔 예의 공주 거울을 들고 있었다. 하고 있는 꼴하고는 정말 어울리지 않는 아이템들이었다.

"아이들은 일찍 나갔네. 도대체 걔들은 하루 종일 어디 가서 뭣들 하는 거야?"

나쁜 짓 하고 돌아다닐 게 뻔했지만 준은 꽃과 동요와 거울로 인해 오글거리는 느낌을 떨쳐 버리기 위해 큰 소리로 물었다.

"그만 떠돌 방법을 찾으러 다니다 오겠지."

파랑머리가 입꼬리를 올리며 웃었다.

"그럼 넌 왜 안 나가?"

파랑머리가 노력도 하지 않는 자신을 비웃었다고 생각한 준이 발끈해 물었다.

"난 이대로가 좋으니까."

파랑머리가 담요 자락을 여몄다. 잔뜩 껴입은 옷 위에 담요까지 두른 모습은 보기만 해도 더웠다.

"이대로가 좋다고? 집에 가고 싶지 않아?"

자기도 모르게 나온 말이었다. 준은 집이 그리웠다. 맛있는 음식, 편안한 잠자리, 깨끗한 욕실, 엄마의 잔소리, 아빠의 훈계까지도 그리웠다. 학교, 학원도 마찬가지였다. 그동안의 일들이 한바탕 꿈이었던 듯 깨어나 다시 일상으로 돌아가고픈 마음이 간절했다.

"사실 난 집이 좋았던 적이 없어. 집에선 늘 아빠한테 두들겨 맞았고, 학교에선 언제나 왕따였으니까. 차라리 블루랑 이렇게 마음껏 같이 있을 수 있는 지금이 더 좋아."

파랑머리가 세운 무릎 위에 턱을 괸 채 웅얼거리듯 말했다.

"엄마는? 아빠한테 맞을 때 엄마는 뭐 했어?"

준이 벌컥 화를 냈다. 그러곤 금방 남 일에 뭘, 하며 후회했다.

"엄마? 없었지. 5학년 때 집 나간 뒤로는 한 번도 못 봤어. 블루는 엄마가 얻어 온 고양이야. 엄마 나간 다음 아빠가 술 먹고 집어 던져서 블루 다리가 저렇게 된 거야. 두 번째 던졌을 때 나도 나왔어."

집 나간 엄마와 자식을 때리는 아빠. 준에게는 상상도 되지 않는 일이지만 만일 그런 상황이라면 자신도 아빠가 싫어 집을 떠났을 것 같았다. 그런 생각과 동시에 의문이 생겼다. 도대체 집 나오면 얼마 만에 저런 꼴이 되는 거지? 준은 구겨지고 땀에 절어 냄새나는 자기 옷을 내려다보았다. 미래의 자기 모습이 그려지자 쾌청했던 하늘이 검은 구름으로 뒤덮이는 것 같았다.

분위기를 바꾸려는 듯 파랑머리가 사탕을 한 개 건네주었다. 평소에는 굴러다녀도 먹지 않았을 게 분명한 청포도맛 사탕이었지만 지금은 보기만 해도 입에 침이 가득 고였다. 얼른 받아 든 준은 껍질을 벗겨 입에 넣었다. 동그랗고 단단한 사탕을 굴리자 새콤달콤한 맛이 입안에 가득해졌다. 파랑머리가 준을 물끄러미 바라보았다. 준은 허겁지겁 사탕을 빨고 있는 자기 꼬락서니가 창피하고 민망해 눈길을 피했다.

파랑머리가 못 본 척 아까 부르던 동요를 흥얼거렸다. 푸른 달과 흰 구름 둥실 떠 가는 연못에서……. 준은 양팔을 한껏 뒤로 뻗어 바닥을 짚은 뒤 고개를 젖히곤 쏟아지는 햇살과 바람에 몸을 맡겼다. 같은 노래를 부르는 또 다른 목소리가 떠올랐다. 지금 같은 햇살과 바람을 느꼈던 감각도 함께.

일곱 살 때 엄마 아빠와 숲으로 캠핑을 갔다. 오두막집처럼 멋졌던 텐트는 그 뒤로는 한 번도 다시 펼쳐진 적이 없었다. 파랑머리가 흥얼거리는 노래는 엄마가 텐트 안에서 준이 잠들 때까지 불러 주던 노래였다. 낮에 아빠가 만들어 주었던 풀잎 배가 생각나 준은 잠이 드는 순간까지도 '한 번 더'를 중얼거렸었다.

그때의 기억은 준이 손꼽는 (몇 안 되는) 인생의 행복한 장면 중 한 가지였다. 아빠에게 보조 바퀴 뗀 자전거를 배우던 일, 세 식구가 한강 공원에서 연 날리던 기억…… . 대부분 학교라는 곳에 다니기 전의 일들이었다. 그때가 전생인 것처럼 까마득했다. 울컥, 눈물이 솟구쳤다. 준은 땀을 닦는 척 슬쩍 눈물을 훔쳤다.

"나는 블루와 같이 있으려고 이렇게 지내는 거지만 넌 늦기 전에 빨리 제자리를 찾아가. 기회를 놓치면 계속 떠돌게 될 수도 있어."

파랑머리가 준의 머릿속을 들여다본 것처럼 말했다. 파랑머리 피어싱 주제에 어디서 훈계질을. 그런 말은 준이 파랑머리에게 해야 할 소리다.

"내 일은 내가 알아서 해."

준이 퉁명스레 말했다.

파랑머리가 머쓱한 얼굴로 누더기 같은 담요 자락을 여몄다. 잠시 어색한 침묵이 흘렀다.

"안 덥냐?"

준이 슬쩍 말을 건넸다. 준은 아까부터 등에 땀이 가득 차

조끼는 물론 셔츠까지 벗어 버리고 싶은 참이었다.

"덥긴. 아무리 껴입어도 추운걸."

차림새만큼이나 떠돌이 삶의 고달픔이 보였다.

"넌 계속 여기서 살 거야?"

자신은 그럴 일 없다는 듯 준이 물었다.

"이만한 곳 찾는 것도 쉽지 않으니 있어 보려고."

파랑머리가 덜덜 떨며 몸을 웅크렸다. 사계절 옷을 모두 겹쳐 입고 그 위에 담요를 둘러쓰고서도 추워하는 게 이상했다. 입술까지 푸르스름한 걸 보면 아무래도 큰 병에 걸린 것 같았다.

어둠이 내리기 시작하자 준은 견딜 수 없을 만큼 심란해졌다. 오늘도 준을 찾는 사람은 없었다. 어디에 있든 엄마가 찾아올 거란 믿음은 착각일 수도 있다. 어쩌면 이미 버린 자식 취급하고 있는지도 몰랐다. 시험 시간에 부정행위를 저지른 준이 창피해 이민을 갈 수도 있다. 그러면 자신도 거리를 떠돌다 파랑머리 꼴이 날 것이다. 입고 있던 옷 위에 의류 수거함에서 주운 옷을 덧걸치며 악취 풍기는 떠돌이가 돼 갈 것이다. 그러다 파랑머리처럼 병들고 결국은 행려병자로 죽어 가겠지.

준은 파랑머리한테 당장 그런 일이 벌어질 것 같아 겁이 났다. 이곳에서 유일하게 자기에게 말을 걸어 주고 먹을 것을 준 아이다. 파랑머리가 없었다면 더 막막하고 무서웠을 것이다. 준은 결심했다. 파랑머리를 위해 집으로 돌아가기로. 파랑머리는 떠돌이로 사는 게 좋다고 하지만 그건 돌아갈 곳 없는 자기 자신을 위안하기 위해 하는 말일 것이다. 엄마에게 잘못을 빌고 도움을 청하리라. 파랑머리가 자기 목숨을 구해 줬다고 뻥을 쳐야지. 그럼 엄마가 쉼터든 보육원이든 파랑머리가 떠돌지 않고 안전하게 살 수 있는 곳을 찾아 줄 것이다. 갈 길이 다르니 그 뒤에는 다시 얽힐 일도 생각할 일도 없을 것이다.

집으로 가야 하는 명분이 뚜렷해진 준은 밤이 깊어지기를 기다렸다. 도시는 밤도 낮처럼 환하지만 그래도 햇빛보다는 불빛이 엉망인 꼴을 감추기에 나았다. 드디어 떠나기로 결심한 준은 파랑머리가 있는 쪽을 바라보았다. 블루의 눈빛이 반딧불이처럼 떠 있는 언저리에 파랑머리도 있을 것이다. 준은 망설이다 그냥 떠났다. 굳이 알리는 것도 멋쩍었고 준의 계획을 알게 된 파랑머리가 어디론가 사라질까 봐도 걱정됐다.

단지 두 밤이 지났을 뿐이었는데 200년은 떠나 있었던 듯 도시의 모든 게 낯설고 새로웠다. 또한 눈물 나게 반가웠다. 준은 집으로 돌아가기로 한 자신의 결정이 만족스러웠다. 집을 향해 가고 있다는 사실이 행복했다. 표 살 돈도 없었던 준은 운 좋게 역무원에게 걸리지 않고 지하철 개찰구를 빠져나갈 수 있었다.

승강장으로 향하는 계단을 내려가면서도 준은 사람들과 부딪히지 않으려고 노력했다. 그동안 씻지도 못하고 옷도 갈아입지 못했으니 분명히 자신에게서 냄새가 날 터였다. 혹시라도 아는 사람을 만나거나, 자기를 거리의 부랑자 취급하는 사람이 있을까 봐 가슴이 쿵덕거렸다. 잔뜩 위축된 채 지하철에 올라탔으나 승객들은 스마트폰을 들여다보느라 남에겐 관심이 없었다.

아파트 단지에 들어선 다음에도 준은 건물이며 나무 그림자들 속으로 몸을 숨긴 채 움직였다. 준은 아무에게도 들키지 않고 집에 도착했다. 선뜻 들어가지 못한 채 안의 동정에 귀를 기울이던 준은 앞집 사람들이 나오는 소리에 허둥지둥 비밀번호를 눌렀다. 집 안은 텅 빈 것처럼 조용했다. 평소대로라면 준은 아직 학원에 있을 시간이었다. 소파에 앉아 있던 만두가 준을 보더니 한 번 "야옹" 하고는 꼬리를 다리 사이에 끼운 채 사라져 버렸다. 며칠 만에 보는데도 살차게 구는 만두가 서운했다.

준은 남의 집인 것처럼 조심스레 신을 벗고 거실로 올라섰다. 그때 안방에서 무언가 부딪히는 소리와 함께 아빠의 고성이 터져 나왔다. 준은 깜짝 놀라 재빨리 자기 방으로 뛰어 들어갔다. 그러곤 불도 켜지 못한 채 잔뜩 겁먹은 얼굴로 안방의 소리를 엿들었다.

"먹기 싫으면 관둬. 굶어 죽든지 맘대로 해."

아, 엄마가 나 때문에, 내가 걱정돼 밥도 못 먹고 있구나. 준은 가슴이 뻐근해졌다. 뒤이어 엄마 목소리가 들려왔다.

"애가 힘들었다잖아. 숨도 못 쉬게 힘들었다잖아! 다 당신 때문이야. 용서 못 해!"

거의 울부짖음에 가까운 소리였다.

"왜 다 내 탓이야! 그러는 당신은 맨날 애하고 붙어 살았으면서 그것도 눈치 못 채고 뭐 했어?"

힐난하는 아빠 말에 준의 몸은 저절로 움츠러들었다. 준의, 아니 부모님의 목표는 과학고였고 그곳에 가기 위해 과학 성적은 아주 중요했다. 영어 시험을 망친 뒤 아빠는 더 이상의 실수는 용납하지 않겠다고 경고했다.

그날 밤, 엄마는 준이 뭘 만들고 있는 줄도 모르고 과일을 가져다주었다. 준은 새벽까지 공부하며 제발 커닝 페이퍼를 사용할 일이 없게 해 달라고 빌었다. 하지만 시험지를 받아 들자 공부했던 내용들은 새장을 뛰쳐나가는 새처럼 일시에 머릿속에서 빠져나갔다.

엄마의 울음소리가 계속 이어졌다. 준은 병에 걸린 것도 아닌데 춥고 떨렸다. 당장이라도 뛰어나가 자신이 돌아왔음을 알리고 싶었지만 발이 떨어지지 않았다. 맞아 죽는 한이 있어도 파랑머리처럼 사는 것보다는 나을 것이다. 간신히 용기 내어 방을 나가려는데 안방 문이 벌컥 열리며 아빠가 나왔다.

준은 움찔하며 물러섰다.

아빠는 준의 방 쪽을 한 번 바라보곤 서재로 들어갔다. 들킬까 봐 온몸이 졸아드는 것 같던 준은 한참 뒤 겨우 방에서 나왔다. 열린 안방 문 사이로 침대에 모로 누운 엄마의 뒷모습이 보였다. 새우처럼 잔뜩 웅크린 엄마는 어깨를 들썩이며 흐느끼고 있었다. 그새 등뼈가 솟아 보일 만큼 마른 것 같았다. 준도 목이 메어 왔다. 당장 달려가 엄마를 끌어안고 용서를 빌고 싶었다.

그때 놀랍게 서재에서도 울음소리가 들려왔다. 어릴 때도 준이 울면 사내자식이 나약하다고 질색하던 아빠였다. 그런 아빠가 울다니. 준은 아빠에게도 달려가 발밑에 무릎을 꿇고 허리띠든, 골프채든, 아빠가 내리는 벌을 달게 받고 싶었다. 애가 끊어지는 듯 서럽게 우는 엄마와 무엇으로 목을 막은 듯 꺽꺽거리며 우는 아빠 사이에서 준은 어느 쪽으로도 가지 못하고 어정쩡하게 서 있다 다시 자기 방으로 갔다.

준은 불을 켰다. 환한 불빛에 드러난 방 안은 그저께 아침 집을 나설 때 모습 그대로였다. 책상 위도 깨끗했다. 마치 아무도 살지 않는 방 같았다. 남의 방에 몰래 들어온 사람처럼 준은 침대와 옷장 사이의 구석에 쭈그리고 앉았다. 계속해서 들려오는 엄마 아빠의 울음소리가 날카로운 갈퀴처럼 준의 가슴을 후벼 팠다.

내가 무슨 짓을 한 거지. 준은 가슴을 움켜쥐었다. 으스러지는 듯한 고통이 온 마음과 몸을 휘감았다. 울음이 터져 나왔다. 준은 무릎 사이에 얼굴을 처박은 채 울고 또 울었다. 얼마 뒤 눈물범벅이 된 얼굴로 준은 남의 방처럼 낯설어진 방 안을 둘러보았다. 하나둘 사 모은 피규어들과 얼마 전 조립을 끝낸 모형 바이크. 언젠가 진짜 모터바이크를 타고 여행을 떠나고 싶었다. 그리고 벽에 걸린 아기 발자국 액자, 사각모를 쓴 유치원 졸업 사진, 태권도 심사 사진, 상장들…… 벽지 무늬인 것처럼 무심하게 여겼던 그것들은 한 발자국 한 발자국 걸어온 준의 자취였다.

자신의 자취를 아프게 더듬던 준의 눈이 한쪽에 세워진 거울에 머물렀다. 아침마다 방을 나가기 전 마지막으로 교복 차림을 점검해 보던 체경이었다. 요즘 들어 한두 개 돋는 여드름이 신경 쓰여 더 자주 들여다보았다. 이제 막 코밑 수염이 거뭇해지기 시작해 남몰래 면도 연습도 했었다. 얼마나 많은 시간 준은 거울 앞에서 멋진 청년이 된 모습을 상상하며 자신을 추스렸던가. 그러기 위해 얼마큼 많은 것들을 참으며 뒤로 미루었던가.

준은 한 것보다 하지 못한 것들이 훨씬 많은 열여섯 살 아이가 거울 속에서 점점 희미해지다 끝내 사라지는 것을 속수무책 바라보았다. 자신은 이미 세상에 없는 존재였다.

파라다이스를 인수한 모 그룹에서 공사를 재개한다는 발표

를 했다. 내부 설계를 변경해 호화 주상 복합 타운으로 만든
다고 했다. 이상 고온이 기승을 부리는 6월 초순부터 공사가
다시 시작됐다. 37층에 선 리프트에서 인부 두 명이 땀을 줄
줄 흘리며 내렸다.

"귀신 나온다는 소문이 있더니만 등골이 서늘하네."

인부 김씨가 주위를 둘러보며 부르르 떨었다.

"대명천지에 귀신은 무슨. 그리고 난 귀신 아니라 귀신 할
애비가 나온대도 이런 데서 한번 살아 봤음 좋겠네. 전망 조
오타!"

이씨가 소리쳤다. 그 말은 맞는다는 듯 김씨가 고개를 끄덕
였다.

그들은 고양이 한 마리가 펜트하우스를 가로질러 사라지는
것을 보지 못했다. 오른쪽 뒷다리가 공중에서 흔들리는 잿빛
고양이였다.

즐거운 유니하우스

1

주방에서 된장찌개 냄새가 풍겨 온다. 엄마가 아침 준비를 하고 있다. 나는 그동안 냄새 때문에 된장찌개를 싫어했던 사실을 잊은 채 코를 킁킁거렸다. 한국에 살 때 엄마표 된장찌개를 맛본 사람들은 식당을 차려도 되겠다며 엄지손가락을 치켜세우곤 했다. 그때마다 엄마는 외할머니의 된장 덕분이라며 겸손해했다. 외할머니는 돌아가셨고 여기는 말레이시아 쿠알라룸푸르이다. 이곳으로 올 때 엄마는 할머니의 된장을 진공 팩에 싸고 또 싸서 조금 가져왔다. 그리고 아주 가끔 끓여 먹었다. 냄새 때문이든 아끼기 위해서든 가끔인 게 다행이었다.

하지만 지금은 냄새를 가지고 투정 부릴 때가 아니다. 엄마가 요리한다는 사실 자체를 고마워해야 한다. 엄마를 기운 차리게 만든 유니하우스의 손님들도 수백 번 절하고 싶을 만큼 고맙다. 요리하길 좋아하는 엄마는 자신이 만든 음식을 사람들이 맛있게 먹는 것만 봐도 행복하다고 했다. 손님들은 당연히 엄마 음식을 맛있어할 테고 그러면 엄마는 행복할 것이다. 그동안 엄마는 너무 오랫동안 슬픔에 젖어 있었다, 내가 있다는 사실도 잊을 만큼. 엄마는 이제 슬픔에서 벗어나 행복해질 권리가 있다.

아침부터 후텁지근하다. 눅눅한 우기는 마치 엄마의 눈물에서 비롯된 것 같다. 에어컨을 켜 방 안의 습도와 온도를 낮추고 싶지만 참는다. 이제 열다섯 살밖에 안 된 내가 엄마를 도와줄 방법은 안 쓰고 아끼는 일밖에 없다. 방을 비워 둘 때도 에어컨을 빵빵하게 틀어 놓고 다니던 내가 이런 생각을 하다니. 죽다 살아나 철이 든 모양이다. 아니, 내가 철든 진짜 이유는 죽다 살아나는 순간에 알게 된 출생의 비밀 때문이다. 그 사실이 예전의 철없고 제멋대로였던, 엄마 아빠의 외동딸 정윤을 죽게 만들었다. 그 생각을 하자 다시 냉동 창고에 갇힌 듯 추워지면서 마음까지 서늘해진다. 교통사고가 나던 순간보다 더 무섭다.

우리가 쿠알라룸푸르에서 살게 된 건 아빠 직장 때문이었다. 외할머니가 돌아가신 지 얼마 안 됐을 때 아빠는 쿠알라룸푸르 지사로 발령을 받았다. 가장 반긴 사람은 엄마였다. 온 가족이 함께 온 것도 엄마가 원해서였다. 나처럼 외동딸이었던 엄마는 외할머니가 돌아가신 뒤 무기력증에 빠졌다. 우울증에 걸릴까 봐 걱정일 정도였던 엄마는 내가 다닐 국제 학교를 알아보며 기운을 차렸다.

낯선 환경에서 일해야 하는 아빠도 스트레스를 받았겠지만 수업 시간은 물론 놀 때도 영어를 써야 하는 나는 정말 오고 싶지 않았다. 무엇보다 친구들과 헤어지는 게 싫었다. 연수와 효진이가 삼총사 중의 한 명인 나만 빼놓고 단둘이 수다 떨고, 나인 오빠들 콘서트에 가고, 분식집 다닐 걸 생각하면 속상하다 못해 진짜로 배가 아팠다.

쿠알라룸푸르에서 지낸 1년은 좋았던 기억보다 짜증스러운 일들이 더 많았다. 교복도, 학교도, 더운 날씨도 다 마음에 들지 않았다. 가장 짜증 나는 건 사춘기를 내세워 겨우 벗어났던 엄마 아빠의 품으로 도로 끌려들어 가게 된 것이다. 엄마는 낯선 환경을 핑계로 나를 핸드백처럼 끼고 다니려 들었고, 아빠는 회식 문화가 없는 나라로 오더니 지나치게 가정적이 돼 걸핏하면 놀아 달라고 귀찮게 했다. 엄마는 온 가족이 함께 있는 시간이 많아진 것을 흡족해했다. 그러니까 한국을 떠나와 손해 본 사람은 우리 가족 중 나뿐이라는 이야기였다.

우리가 사는 집은 아파트랑 비슷했는데 여기서는 콘도라고 불렀다. 한국 집보다 훨씬 넓고 고급스러웠고 단지 안엔 수영장까지 있었다. 하지만 연수와 효진이에게 자랑하는 용도로나 이용했을 뿐 수영장을 사용한 적은 한 번도 없었다. 실내 수영장도, 해변도 아닌 곳에서 수영복을 입고 있다니. 지나다니는 콘도 주민들이 다 나만 볼 것 같아, 아빠가 그렇게 수영을 가르쳐 주고 싶어 했는데 들은 척도 하지 않았다.

우리 콘도엔 방이 네 개였다. 남는 방 두 개는 한국에서 온 아빠 직장 사람들이나, 갑자기 말레이시아에 관심이 많아진 친척들이 번갈아 가며 차지했다. 쾌적한 잠자리와 맛난 음식을 누린 그들은 이번에는 게스트하우스를 해도 되겠다며 엄마를 치켜세웠다. 신세 진 것에 대한 대가성 칭찬인 줄도 모르고 엄마는 솔깃해했다. 아빠와 나는 물론 반대였다. 아빠는 엄마 힘들까 봐 그런 거겠지만 나는 집에 식구 외의 사람들이 들끓는 게 신물 났다.

"어차피 맨날 손님 뒤치다꺼리하면서 살잖아. 그럴 바엔 돈을 벌어야겠어. 그리고 당신 다시 한국으로 가도 나는 윤이 고등학교 졸업시킬 때까지 안 갈 거야. 고등학교까지는 여기서 마쳐야지 중간에 돌아가면 죽도 밥도 안 된단 말이야."

내가 우리 집 공주면 더 힘센 왕비인 엄마가 게스트하우스를 하겠다고 선언했다. 엄마는 장차 유학 관련 사업까지 하겠다는 야심 찬 계획을 세웠다. 왕이지만 실권은 없는 아빠는 회사 일로 엄청나게 스트레스 받고 온 날 엄마 계획에 찬성표를 던졌다.

"대신 게스트하우스 잘되면 나, 회사 때려치운다."

게스트하우스 이름은 내 이름, 윤을 따서 '유니하우스'로 지어졌다. 나는 대세를 거스를 수 없을 바에는 실리를 얻는 쪽을 택했다.

"게스트하우스 잘되면 내 이름 덕이니까 용돈 올려 줘야 돼."

나는 엄마로부터 약속을 받아 냈다.

엄마는 내가 다닐 학교를 알아볼 때처럼 신이 나 인터넷에 '유니하우스'라는 카페부터 만들었다. 그리고 실제 유니하우스를 꾸미는 일에도 열정을 쏟았다. 첫 예약 손님이 생긴 날, 엄마는 숙박왕이라도 된 듯 흥분했다.

결과적으로 게스트하우스를 시작한 건 잘된 일이었다. 엄마가 정신 팔 곳이 생긴 덕분에 나는 학교 갔다 오면 한국 방송도 마음대로 볼 수 있었고 연수, 효진이와 SNS도 자유롭게 할 수 있었다. 가장 좋았던 건 카페에 사진을 올리기 위해 엄마가 날마다 맛있는 음식을 만들었을 때다.

한 달간의 겨울방학이 시작된 주말, 우리가 말라카에 갔던 것도 유니하우스에 올릴 관광지 정보를 위해서였다. 나는 솔직히 가고 싶지 않았다. 혼자 남아 맘껏 노는 게 좋았다. 하지만 가족 여행에서 내가 빠진다는 건 엄마에겐 있을 수 없는 일이었다. 나는 엄마한테 실로 묶어도 되겠다는 말을 들을 정도로 입을 내민 채 차에 올랐다. 나를 기어이 끌고 간 엄마의 결정이 얼마나 잘못됐는지 보여 주기 위해 나는 가는 내내 심통 난 얼굴로 스마트폰만 했다.

쿠알라룸푸르에서 남쪽으로 두 시간 반 정도 걸리는 말라카는 도시 전체가 유네스코에 등재된 곳이라고 했다. 그래서인지 생각보다 볼거리도 많고 재미도 있었다. 관광을 하는 동안 스르르 기분이 풀렸다. 엄마가 내가 먹고 싶어 하는 것, 갖고 싶어 하는 것들을 순순히 사 준 덕도 컸다. 우리는 시끌벅적한 야시장을 구경하고 야경을 보며 유람선도 탔다. 끊임없이 카메라를 들이대는 엄마 때문에 원 없이 모델 노릇을 했음은 물론이다. 아빠가 하룻밤 묵자고 했지만 엄마는 숙박비가 아깝다며 반대했다. 우리는 밤늦게 출발했다. 말라카가 마음에 든 나는 또 툴툴거리며 차에 올랐다.

다음 날 왔다면 사고가 나지 않았을까? 뒷자리에서 자다 당한 일이라 정확한 상황은 알 수 없었다. 그저 사고 순간에 대한 공포를 품은 채 정신을 잃었다. 얼마나 시간이 지난 걸까? 의식이 돌아왔지만 나는 눈을 뜰 수도, 소리를 낼 수도, 손가락 하나 움직일 수도 없었다. 소독약 특유의 냄새로 내가 있는 곳이 병원임을 짐작할 뿐이었다. 나는 온 힘을 모아 정신을 집중했다.

"윤이는 왜 안 깨어나는 거야?"

귀에 익은 목소린데 누구지? 얼마 전에 다녀간 고모였다.

고모가 웬일이지? 주위에서 말레이시아어가 들려오는 걸 보면 한국은 아니다. 그런데 누가 소리 내 울고 있다.

"엄마, 그만 울어. 그러다 엄마까지 쓰러지겠어."

고모가 엄마라고 부르는 사람이면 친할머니다. 할머니가 나 때문에 이렇게 울고 있다니. 감동이 밀려왔다. 고모가 말리자 할머니는 더 크게 울기 시작했다.

"차라리 날 데려갈 것이지, 생때같은 자식 앞세우고 살아 뭣해. 불쌍한 것, 제 자식 한 번 못 키워 보고 젊은 나이에 객사가 웬 말이야. 아이고, 원통해서 못 살겠네."

처음엔 울음 섞인 할머니의 말이 무슨 뜻인지 알 수 없었다.

나는 그동안 엄마와 할머니 사이가 냉랭한 게 할머니가 엄마 아빠의 결혼을 반대한 때문이라고 알고 있었다. 그래서 엄마더러 속 좁다고 놀린 적도 있었다. 하지만 그게 아니라 가뜩이나 마음에 들지 않는 며느리가 아들의 아이를 낳을 생각은 않고 입양을 택했기 때문이었다. 입양된 아이는 나였다. 드라마에나 나올 법한 스토리가 내 이야기였다. 그리고 드라마라면 몇십 회는 끌 만한 비밀을 한순간에 다 알아 버린 것이다.

차라리 아무것도 할 수 없는 게 다행일 지경이었다. 말을 할 수 있고 몸을 움직일 수 있다 한들, 어떻게 깨어났다는 사실을 알릴 수 있단 말인가. 아니, 어쩌면 아예 깨어나고 싶지 않았는지도 몰랐다. 사고를 당하던 순간의 공포가 다시 덮쳐

왔다. 아빠가 돌아가셨다는 슬픔과 내가 입양아란 사실에 대한 충격 중 어느 게 더 견디기 힘든지 알 수 없었다.

　내가 친자식이 아니란 걸 사고 전에 알았다면 나는 아마 엄청나게 비뚤어졌을 것이다. 엄마 잔소리와 아빠 애정 표현이 짜증 나고 싫었으니까. 하지만 사실을 알고 나자 깨어난 것조차 미안해졌다. 사람들은 아빠 대신 차라리 내가 죽기를 바랐을지도 모른다.

　외할머니가 돌아가신 뒤 엄마는 종종 이제 자기에게는 남편과 딸밖에 없다고 말했다. 그런 엄마에게 필요한 사람은 제멋대로이고 까칠한 딸보다는 자신을 아껴 주고 말 잘 듣는 남편일 것이다. 사고 당시의 정황을 모른다고 했지만 사실 아빠는 자신 대신 나를 구했다. 다른 사람은 몰라도 현장에 있던 엄마는 알 것이다. 나는 엄마가 나를 병원에 버려 두고 가 버릴까 봐 무서웠다. 하지만 입양아란 사실을 안 채, 아빠 없는 한국으로 엄마와 함께 돌아가는 것도 두렵기는 마찬가지였다.

　다행히 엄마는 한국으로 돌아가지 않았다. 엄마 또한 아빠 없이, 외할머니도 안 계신 곳에 가고 싶지 않았을 것이다. 생일이 12월이어선지 나는 겨울이 좋다. 사람들은 추워서 싫다지만 나는 쨍하게 추운 날씨도, 하얀 눈도 엄청나게 좋아한다. 그런데도 1년 내내 더운 나라에서 살겠다는 엄마가 도리어 고마웠다. 하지만 슬픔에 빠진 엄마를 위해 내가 할 수 있는 일은 없는 듯이 지내는 것뿐이었다.

엄마를 일어나게 한 건 안타깝게도 내가 아니라 유니하우스의 예약 손님이다. 엄마는 그들을 맞이하기 위해 기운을 냈다. 운전하다, 청소하다, 빨래 널다, 냉장고에 시장 봐 온 것을 정리하다 울음을 터뜨리곤 했지만 엄마는 잘 견뎠다. 그리고 종종 자신에게 다짐하듯 내게 말했다.

"윤아, 엄마 기운 낼게. 기운 내서 우리 유니하우스 잘 꾸려 갈게."

나는 엄마 손을 꼭 잡아 주거나, 안아 주는 것밖에 할 게 없다. 어서 커서 엄마가 꿈꾸던 대로 친구 같은 딸이 되고 싶다.

옆방 문 열리는 소리가 났다. 손님들이 밥 먹으러 가는 모양이다. 엄마와 아들 둘로 구성된 가족이다. 엄마는 아빠와 함께 쓰던 마스터룸에 싱글 침대 하나를 더 들여 놓은 뒤 그들에게 내줬다. 그리고 식당 옆의 작은 방으로 옮겨 가면서도 내 방은 그대로 쓰게 해 줬다. 뿐만 아니라 전처럼 내가 꾸며 놓은 걸 못마땅해하거나 바꾸려 들지도 않았다. 나는 그런 엄마를 사랑하고 또 사랑한다.

콩콩콩, 발소리의 주인은 초등학교 3학년짜리 동생일 것이다.

"최동진, 뛰지 말랬지!"

그 애 엄마의 목소리가 들려온다. 어젯밤 잠깐 봤을 뿐인데도 나는 아줌마가 잔소리쟁이임을 알아차렸다. 우리 엄마랑 비슷하다. 갑자기 겨자를 삼켰을 때처럼 코끝이 매워진다. 엄마는 내가 살아난 것만으로도 고마운지 이젠 잔소리를 하지 않는다. 예전처럼 엄마 잔소리가 듣고 싶다.

"최동우, 빨리 안 나오고 뭐 해?"

나는 벌떡 일어나 문에 귀를 바짝 대고 엿듣는다. 세 식구 중 가장 관심이 가는 사람은 내 또래인 최동우다. 불만이 가득한 표정으로 우리 집에 들어서는 최동우를 보는 순간 나는 단숨에 그 애가 좋아졌다. 날 보고 얼굴이 빨개진 걸 보면 최동우도 내게 관심이 있는 게 분명하다. 이렇게 첫눈에 서로 통한 경우는 처음이다. 그동안 내 연애사는 나 좋다는 애는 내가 싫고, 내가 좋아하는 애는 딴 애를 좋아하는 식으로 어긋나기만 했다. 그런데 서로 호감을 느끼는 아이와 한집에서 생활하게 되다니. 내게 닥친 불행을 위로해 주기 위해 누군가가 준 선물인 것만 같다.

당장 나가 최동우를 보고 싶지만 참기로 한다. 어젯밤에도 엄마는 말라카에서 찍은 사진들을 보며 울다 잠들었다. 사고 뒤 온몸이 눈물주머니로 바뀐 엄마는 분명 날 보면 또 눈물을 흘릴 것이다. 엄마를 더 이상 울리고 싶지 않다. 엄마는 이제 아빠 없는 유니하우스의 씩씩한 주인장이 돼야 하니까.

2

썰늘한 기운에 더듬거리며 이불을 찾던 동우는 잠에서 깼다. 커다란 바위가 머리를 짓누르는 것 같았다. 그런 느낌은 어제 비행기에서 내릴 때부터 시작됐다. 더위에 섞여 끼쳐 드는 독특한 향에 속까지 메슥거렸다. 유니하우스 아줌마는 기후가 급작스레 바뀌어서 그런 것이니 자고 나면 괜찮아질 거라고 했다. 몇 시인지는 몰라도 잘 만큼 잔 것 같은데 두통은 조금도 나아지지 않았다.

한국은 지금 영하 10도를 오르내리는 한겨울이다. 추위에 익숙해져 있던 몸을 몇 시간 만에 한여름으로 옮겨 놓았으니 아무렇지도 않은 게 비정상일 것이다. 그런데 엄마와 동진이는 괜찮았고, 엄마는 동우에게 왜 너만 그러냐며 이상해했다. 동우에게는 '언제나 네가 문제'라고 비난하는 것처럼 여겨졌다.

동진이가 새끼 캥거루처럼 엄마 품에 안긴 채 자고 있는 모습이 보였다. 동우와 동진이가 함께 덮었던 이불은 바닥에 떨어져 있었다. 동진이가 엄마에게 가면서 떨어트린 모양이었다. 좁은 침대에서 껴안은 채 잠든 엄마와 동진이를 보자 동우는 자기 침대가 태평양처럼 넓은 것 같았고, 그 바다에 혼자 난파된 듯 외로워졌다.

'오늘 밤부터는 아예 이 침대에서 엄마랑 동진이랑 자라고 하고 나 혼자 싱글 침대에서 잘까?'

동우는 머리를 흔들어 잠깐 들었던 생각을 털어 버렸다. '누구 좋으라고.' 동우의 입 모양이 일그러졌다. 동우는 엄마와 동진이가 편하게 붙어 자는 꼴까지 보고 싶지 않았다. 쿠알라룸푸르에 온 건 동우가 원해서가 아니었다. 방학 기간인 한 달 동안 영어 학원에 다니다 이곳에 있는 국제 학교에 들어가야 했다. 두통은 기후 때문이 아니라 혼자 남겨진 채 다시 새로운 곳에 뿌리내리려야 한다는 두려움 때문인지도 몰랐다. 그런데도 아줌마 말만 믿고 날씨 탓으로 여기는 엄마에게 동우는 새삼스레 화가 났다. 엄마가 걱정할 새도 없이 별일 아니라고 한 아줌마한테도 마찬가지였다.

그 일이 아니더라도 동우는 유니하우스 주인아줌마가 밥맛이었다. 유니에게 하는 행동 때문이었다. 그런데 그 이름이 맞나? 딸 이름으로 게스트하우스 이름을 지은 거라니까 맞겠지. 공항으로 마중 나온 아줌마 차를 타고 콘도에 도착했을 때 유니는 거실에서 한국 음악 방송을 보고 있었다. 나인이 부르는 노래로 보아 철 지난 방송이었다. 동우와 눈이 마주친 유니가 당황하며 벌떡 일어섰다. 차의 룸미러에 매달려 있던 사진 때문에 딸이 어린 줄 알았던 동우 또한 유니가 또래인 것을 알고는 놀랐다. 자기도 모르게 핫팬츠 아래 드러난 맨다리로 눈이 가고 가슴이 쿵덕거렸다.

그런데 아줌마가 뭐라고 중얼거리며 다가가 리모컨을 집어 들더니 텔레비전을 꺼 버렸다. TV를 보고 있던 사람은 안중에도 없는 태도였다. 동우는 무시를 당하고서도 가만히 있는 유니가 답답했다. 동우는 자기 모습을 떠올렸다. 보고 있던 TV

를 엄마가 껐을 때 동우는 리모컨을 빼앗아 다시 게임 채널을 켜고 보란 듯이 볼륨을 높였다. 엄마가 또 껐을 때 동우는 욕을 하며 리모컨을 집어 던졌다. 1년 사이 리모컨 두 개와 컴퓨터 마우스 세 개, 화분 다섯 개를 부서뜨리고 동진이의 팔을 부러뜨리자―그건 고의가 아닌 실수였다. 레슬링 놀이를 하다 재수가 없어서 그렇게 된 거다―엄마는 친구 탓을 했다. 못된 친구들한테 물들어 동우가 거칠고 폭력적인 아이가 됐다는 것이다. 그리고 그들에게서 떼어 놓기 위해 동우의 유학을 계획했다.

엄마는 골치 아픈 존재가 된 자기를 또다시 치우려는 거였다. 한 달 동안 함께 있기로 한 것도 동우 때문이 아니라 온 김에 동진이에게 영어 공부를 시키기 위해서일 것이다. 엄마가 깨어나는 소리에 동우는 얼른 눈을 감고 자는 척했다. 그러다 진짜 다시 잠이 들었다.

"형아, 그만 일어나. 아침이야."

동진이가 동우를 흔들어 깨웠다. 동우는 잠결인 것처럼 하며 동진이를 밀쳤다. 어디에 부딪친 듯 쿵 하는 소리와 함께 동진이가 울음을 터뜨렸다. 엄마의 짜증 섞인 잔소리가 쏟아질 게 뻔해서 동우는 더 눈을 뜰 수 없었다.

"동우야, 얼른 일어나. 아침 먹고 시내 관광 가기로 했잖아."

엄마는 그 말만 했다. 하지만 얼굴에는 지금 기분이 고스란히 드러나 있을 것이다. 엄마가 어젯밤, 월요일부터는 학원에 다녀야 하므로 관광은 주말에 할 거라고 했다. 동우는 자기를 화분 식물 취급하며 마음대로 옮겨 심으려 드는 엄마 말에 고분고분 따르고 싶지 않았다.

동진이가 방문을 열었는지 된장찌개 냄새가 확 밀려왔다. 어제 저녁을 굶은 빈속이 동굴처럼 입을 벌린 채 아우성쳤다. 동우는 반항을 해도 일단 아침은 먹고 나서 하기로 했다.

게스트하우스의 구조는 ㄷ자 형태였다. 복도 막다른 곳에 동우네 방이 있었고 복도를 사이에 두고 방들과 공용 화장실, 식당 등이 있었다. 복도를 빠져나가면 거실과 현관이었다. 식당으로 가며 동우는 어디가 유니 방인지 살펴보았지만 알 수 없었다. 유니가 먼저 와 있기를 기대했는데 식당엔 아줌마뿐이었다. 실망했지만 아줌마에게 유니에 대해 묻기는 쑥스러웠다.

"동우, 속이랑 머리 아픈 건 좀 괜찮아? 된장찌개 좋아한대서 끓였는데."

유니 아줌마가 활짝 웃으며 말했다. 딸한테는 함부로 하면서 손님에게는 상냥하게 구는 아줌마가 이중인격자 같아 보였다. 마치 엄마를 보는 것 같았다. 엄마도 동우와 동진이를 대할 때 서로 달랐다.

"어머, 고마워요. 쿠알라룸푸르에 와서 된장찌개를 먹을 줄은 몰랐네요. 동우, 뭐 해? 고맙다고 인사드려야지."

엄마 말에 동우는 건성으로 고개를 꾸벅 숙였다.

"나는 햄 좋아하는데."

식탁에 앉으며 동진이가 말했다.

"미안. 저녁때 햄 반찬 해 줄게. 그런데 동우는 애들답지 않게 된장찌개를 좋아하네요."

아줌마가 보글보글 끓는 된장찌개를 식탁 위에 올려놓았다. 김치와 오징어채 무침, 제육볶음, 감자조림, 달걀말이 등 식탁만 봐서는 한국에 있는 것 같았다. 동우는 자기도 모르게 입맛을 다셨다.

"동우가 어릴 때 할머니 손에서 컸거든요. 그래서 입맛이 요새 애들하고 달라요."

그 말이 동우에겐 흉보는 것처럼 들렸다. 엄마 말대로 동우는 태어난 뒤 3개월 만에 할머니 집으로 옮겨졌다. 직장을 다니던 엄마의 출산 휴가가 끝났기 때문이었다. 할머니는 마르고 닳도록 그때 동우가 얼마나 울어 댔는지 이야기했다. 그 덕분에 동우는 아기였던 자기가 얼마만큼 힘들었을지 뼛속 깊이 느낄 수 있었다. 그 뒤로 일곱 살이 될 때까지 동우는 엄마 아빠와 1, 2주에 한 번씩밖에 만나지 못했다. 어떨 때는 한참을 더 못 보기도 했다.

동우가 집으로 돌아온 건 동진이를 낳은 엄마가 회사를 그만둔 뒤였다. 할머니 집과 그 동네 유치원에 적응했던 동우는 아기 때처럼 또다시 강제로 옮겨졌다. 엄마와 살게 된 건 좋앗지만 집에는 새 아기가 있었다. 동우는 동진이가 되고 싶었다. 그래서 오줌을 싸고 동진이 우유를 빼앗아 먹었다. 동진이를 흔들침대에서 밀어 떨어트린 건 다시 엄마의 아기가 되고 싶어서였다. 그럴 때마다 동우는 벌을 서고, 아빠에게 혼나고, 때로는 맞기도 했다. 동우는 아빠에게 이르거나 아빠한테 맞는데도 말려 주지 않는 엄마가 아빠보다 더 미웠다. 집으로 돌아왔지만 동우가 들어갈 자리는 없었다.

만약 초등학교 4학년 때 그 말을 듣지 않았더라면 어땠을까?

"직장 때문에 힘들어도 애는 집에서 키워. 동우를 할머니한테 보냈던 게 얼마나 후회스러운지 몰라. 끼고 키우지 않아서 그런지 동진이하고 달라. 같은 자식이라도 동우는 왠지 서먹하고 정이 안 가."

아기를 낳은 막내이모에게 엄마가 충고한 말이었다. 서먹하고 정이 안 가. 가시처럼 박힌 그 말이 가슴을 찌를 때마다 동우는 말썽을 부렸다. 동우도 엄마를 아프게 해 주고 싶었다.

동우는 관광하러 가지 않으려던 마음을 바꿨다. 자기가 없으면 엄마는 오히려 좋아하며 동진이와 알콩달콩 재미나게 돌아다닐 것 같았다.

동우네는 아줌마가 가르쳐 준 대로 택시를 타고 쿠알라룸푸르 시티타워 앞으로 갔다. 그곳에서 탄 시티투어 버스는 쿠알라룸푸르의 관광 명소에서 사람들을 내려 주었다. 엄마는 가는 곳마다 열심히 카메라 셔터를 눌러 댔다. 동진이 방학 과제 때문이겠지. 동우는 엄마가 사진을 찍을 때마다 일부러 괴상한 표정을 짓거나 딴 데를 쳐다보곤 했다. 부루퉁한 얼굴로 새 공원과 나비 공원, 박물관과 쌍둥이 빌딩 등을 구경한 동우는 가운 같은 걸 입어야 하는 이슬람 사원엔 끝까지 들어가지 않았다.

엄마와 동진이를 기다리며 밖에 서 있는데 갑자기 세찬 소나기가 쏟아졌다. 아줌마가 말하던 열대성 소나기 '스콜'인 모양이었다. 챙겨 온 우산은 엄마 가방에 있었다. 피할 곳이 있었지만 동우는 그냥 서서 비를 맞았다. 우산을 갖고 뛰어나온 엄마는 흠뻑 젖은 동우 꼴에 분통 터져 죽겠는지 눈물까지 비쳤다. 그러곤 관광을 중단한 채 택시를 잡았다. 유니하우스 주소가 적힌 종이를 기사에게 보여 주는 엄마는 간신히 화를 참고 있는 듯했다. 엄마 기분과 관광을 망치자 동우는 속이 후련해졌다.

그날 저녁, 엄마는 동진이를 데리고 고등학교 동창을 만나러 갔다. 친구가 쿠알라룸푸르에 산다는 걸 알고, 오기 전부터 수소문했는데 이제야 연락이 닿았다고 했다. 엄마는 셋이 다 가든지, 혼자 가든지 하고 싶어 했으나 동우는 둘 다 싫었다.

"난 안 갈 거니까 동진이만 데려가."

콘도에 남아 동우와 놀고 싶어 하던 동진이는 형이 화를 내자 시무룩한 얼굴로 엄마를 따라갔다.

혼자 남은 동우는 수영을 하러 갔다. 아쿠아로빅을 하는 할머니를 따라다니며 문화 센터에서 수영을 배운 동우는 물을 좋아했다. 초등학생 때 대부분의 아이들은 태권도장에 다녔지만 동우는 수영장을 택했다. 가방 쌀 때도 자발적으로 챙긴 건 수영복뿐이었다.

푸른색 수영장은 야자수와 선탠 의자 등이 조명에 비쳐 파도가 넘실대는 바다 같았다. 동우는 탈의실에서 옷을 갈아입고 물속으로 들어갔다. 높은 습도 때문에 끈끈하던 몸을 시원한 물에 담그자 기분이 좋아졌다.

동우는 수영장을 열 번 왕복하기로 했다. 팔을 휘젓고 발장구를 치며 숨 가쁘게 헤엄치는 동안은 아무 생각도 나지 않았다. 열 번째 터치 하고 물 밖으로 고개를 내민 동우는 수영장 가의 나무 발판에 걸터앉아 있는 유니를 발견했다. 어젯밤 이후로 처음 보는 거였다. 핫팬츠 차림인 유니의 맨다리는 물속에 잠겨 있었다. 달아오른 얼굴을 감추느라 자맥질한 동우는 눈을 뜨고, 참방거리며 물살을 일으키는 유니의 가늘고 긴 다리를 보았다. 애니메이션에서 본 인어공주의 다리가 연상됐다. 왕자를 만나기 위해 목소리와 바꾼 다리.

숨이 찬 동우는 물 밖으로 솟구쳤다 수영복 차림인 게 신경 쓰여, 아니 상체가 빈약한 게 창피해 목까지 다시 물에 담갔다. 그러고 나서야 유니를 마주 볼 수 있었다. 유니가 옷으며 동우에게 물을 튀겼다. 자기 엄마 앞에서 주눅 들어 있던 모습과는 달랐다. 동우도 유니 쪽으로 파도를 일으키며 물을 뿌렸다. 유니는 옷이 다 젖는데도 피하지 않았다. 둘은 그렇게 한동안 물장난을 쳤다. 덕분에 잠시 뒤 동우는 유니와 나란히 나무 발판에 걸터앉을 수 있었다. 수영장엔 둘뿐이었다.

유니는 여전히 말이 없었다. 웃을 때도 그저 입꼬리만 올릴 뿐이다. 하지만 동우는 계속 대화를 나누고 있다는 느낌이 들었다. 동우는 유니가 마치 자기를 만나려고 목소리를 주고 두 다리를 얻은 인어 같았다. 유니가 자기 때문에 목소리를 잃고, 마음껏 헤엄칠 수 있는 꼬리지느러미를 잃었다면 동우는 그 애 대신 물속을 유영하고 싶었다. 실은 멋지게 수영하는 모습을 보여 주고 싶었다는 말이 더 맞았다.

동우는 물속으로 뛰어들어 한 마리 바다 생물처럼 자유롭게 헤엄쳤다. 그리고 유니를 감탄시키기 위해 온갖 묘기를 부렸다. 그때마다 유니는 손뼉 치며 재미있어했다. 놀래 주기 위해 잠영으로 발판 앞까지 가서 돌고래처럼 솟아올랐던 동우는 어리둥절한 얼굴로 주위를 두리번거렸다. 유니가 사라지고 없었다. 동우가 혼자 너무 오버하는 탓에 집으로 가 버린 모양이었다. 동우는 자기 머리를 쥐어박았다. 파도가 넘실거리던 바다는 다시 수영장으로 변했다. 갑자기 수영하는 게 시들해진 동우는 물에서 나와 옷을 갈아입고 게스트하우스로 돌아갔다.

동우는 무언가 자꾸만 성가시게 달라붙는 통에 잠에서 깼
다. 동진이가 계속 품으로 파고드는 거였다. 수영을 너무 과하
게 해선지 동우는 엄마와 동진이가 돌아오는 것도 보지 못한
채 먼저 곯아떨어졌다. 동진이를 떼어 내는데 밖에서 소리가
들려왔다. 어쩌면 유니 혼자 텔레비전을 보고 있을지도 몰랐
다. 유니와 나란히 앉아 TV 보는 모습을 상상하자 가슴이 뛰
었다. 목마른 걸 핑계 삼아 살그머니 방문을 열고 한 발 내딛
던 동우는 깜짝 놀랐다. 유니가 바로 맞은편 벽에 기대 서 있
었다. 수영장에서 친해진 것 같았는데 코앞에서 맞닥뜨리니
처음 보는 것처럼 어색했다.

그때 거실에서 소리가 들려왔다. TV 소리가 아니라 엄마와
아줌마 목소리였다. 엄마가 방에서 자고 있는 줄 알았던 동우
는 어리둥절해졌다. 유니가 검지손가락을 자기 입에 댔다. 동
우는 엉거주춤한 자세로 벽에 기대어 유니를 슬쩍 훔쳐보았
다. 유니는 수영장에서 봤던 그 차림 그대로였다. 동우와 물
장난을 해 옷이 젖었던 것도 그대로였다. 그리고 보니 어제도
그 옷이었던 것 같다. 이상하다고 생각하면서 동우도 유니처
럼 거실에서 들려오는 아줌마 말에 귀를 기울였다.

"나는 그동안 우리 윤이를 내 방식대로만 사랑했던 것 같아
요. 윤이가 떠난 뒤에도 내 곁에 없다는 걸 인정하려 들지 않

았어요. 윤이가 좋아하던 음악 방송을 보고, 윤이가 좋아하던 음식을 먹고, 윤이가 다니던 학교를 기웃거리고……. 윤이가 그런 엄말 보며 얼마나 힘들었겠어요. 그 사실을 1년이 지나서야 겨우 깨달았으니 참 못난 엄마죠. 이제 윤이가 이 세상 누구와도 바꿀 수 없는 내 딸이었다는 사실만 기억하고 나머지는 모두 잊을 거예요."

이해하기 힘든 아줌마의 말이 이어지는 동안 동우는 유니를 곁눈질해 보았다. 유니는 엄마 말에 빠져 동우가 자기를 보는 줄도 몰랐다. 여러 가지 감정이 뒤섞인 채 시시각각 바뀌는 유니의 표정은 한마디로 설명할 수 없었다. 하지만 유니가 몹시 충격받았다는 사실만은 알 수 있었다.

"이젠 더 이상 울지 않고 우리 윤이를 기억할 거예요."

아줌마의 말이 끝나는 순간, 슬픔과 기쁨, 안도감이 교차하는 표정으로 미소 지으며 유니는 점점 희미해졌다. 동우는 누가 못 박아 둔 듯 꼼짝하지 못한 채 사라져 가는 유니를 바라보았다.

'날 알아봐 줘서 고마워.'

분명히 유니 입은 다물어져 있는데도 동우는 그 말을 들을 수 있었다. 동우는 뒤늦은 충격에 한동안 껍데기만 남긴 채 영혼이 빠져나간 듯한 모습으로 서 있었다. 유니를 보고, 그 애와 함께 시간을 보냈다는 사실이 무서운 건지 신기한 건지 재밌는 건지, 아니면 엄마한테 이야기해서 병원에 가 봐야 하는 건지 혼란스러웠다. 그런 와중에도 유니를 다시 보지 못하면 슬플 것 같다는 생각만은 뚜렷하게 느껴졌다. 얼마 뒤 정신이 제 몸을 찾아 돌아오면서 엄마 목소리도 귀에 들어오기 시작했다.

"……나 역시 내 방식대로 동우를 사랑했던 것 같아요. 그동안 내 마음을 몰라준다고 동우를 못마땅해하고 야속하게만 생각했어요. 동우가 저렇게 된 건 나 때문인 것 같아요. 아니, 나 때문이에요. 우리 사이가 영영 이렇게 굳어질까 봐 겁나요. 동우가 싫어할까 봐 아직 말 못 했는데, 여기서 동우랑 다시 시작하고 싶어요. 그럴 수 있을까요? 아직 너무 늦은 건 아니겠죠?"

엄마 목소리가 흔들리고 있었다. 동우의 표정도 흔들리기 시작했다. 동우는 웃는 건지 우는 건지 모를 얼굴로 유니가 있던 쪽을 보았다. 유니가 사라진 자리에 푸른 바다의 흔적인 양 물기가 남아 있었다.

장편소설을 펴낼 때와 단편소설을 모아 책으로 묶을 때의 기분은 좀 다르다. 장편은 구상 기간이 얼마 동안이었든 한 시기에 몰아쳐 쓰기 때문에 「작가의 말」을 쓸 때도 그 감흥의 연장선상에 있다. 하지만 소설집은 소설마다 썼던 시기와 쓸 때의 상황이나 마음이 다 달라, 정리하다 보면 삶의 궤적까지 돌이켜 보게 된다. 『청춘기담』에 실린 여섯 편의 소설도 마찬가지다. 그런 의미에서 작품에 대해 책에 실린 순서가 아니라 쓴 순서대로 소설이 되기 전의 순간들을 떠올려 보고 싶다.

「나이에 관한 고찰」

10여 년 전 아들아이는 중학생이 돼 처음으로 보습학원엘 다니게 됐다. 아이는 학교 끝나고 집에 와서 조금 놀다 학원에 가서는 9시 반이 돼서야 돌아왔다. 그동안 학교 수업 외엔 달리 공부를 하지 않던 아이에게는 대단한 일이었다. 큰아이인지라 나 또한 그 모든 게 첫 경험이었다. 나는 고작 열네 살 아이가 밤중까지 공부하는 게 너무 걱정스럽고 안쓰러워 날마다 학원 버스 내리는 곳까지 마중을 나가곤 했다. 가로등 불빛에 길게 늘어난 그림자를 밟으며 돌아오던 길, 아이가 불쑥 말했다.

"엄마, 나 이렇게 많이 공부하다가는 스무 살 때 벌써 머리가 하얀 노인이 될 거 같아."

그 말이 가슴에 들어앉아 오래도록 떠나지 않았다.

「즐거운 유니하우스」

겨울방학 때 대학생이 된 아들아이와 함께 말레이시아로 여행을 간 적이 있다. 사흘을 묵기로 한 쿠알라룸푸르의 콘도형 게스트하우스엘 도착하니 웬 꼬마 아이가 우리를 반갑게 맞아 주었다. 집안 안내도 해 주고, 냉장고에서 음료수도 꺼내 주길래 주인장 아들로 여겼다.

하지만 그 아이는 방학을 맞이해 엄마, 누나, 형과 함께 어학연수를 와 있는 장기 숙박자였다. 중학생과 초등 고학년인 누나와 형에 비해 노는 시간이 많은 아이는 무료해하며 아들아이를 졸졸 따라다녔다. 밥 먹을 때 만난 삼남매의 엄마는 조기 유학을 알아보고 있다고 했다. 우리가 그곳을 떠나올 때 서운해하며 배웅하던 꼬마 아이의 표정이 잊히지 않았다.

「검은 거울」

어느 봄날, 딸아이가 프랑스로 여행을 떠났다. 배웅하고 오는데 유럽의 아름다운 풍광들이 떠오르며 그곳에 있게 될 아이가 눈물이 날 만큼 부러웠다. 얼마 뒤 만난 친구가 자신 같은 엄마를 가진 자기 딸이 너무 부럽다고 했다. 실제로 나를 비롯해 요즘의 많은 엄마들은 자식에게 사랑이든 물질이든 아낌없이 쏟아붓는 자신들이 꽤나 좋은 엄마라고 생각한다. 그래서 자신들이 자랄 때에 비해 넘치게 누리며 사는 아이들에게 대리 만족과 부러움—심지어는 질투심까지—을 동시에 느낀다. 모녀간의 갈등과 불화는 대부분 서로를 동일시하는 데서 생긴다고 생각한다. 그런 엄마와 딸이 갑자기 서로 바뀐다면?

「1705호」

언젠가부터 아파트 꼭대기 층인 우리 집 앞에 한 남자아이가 나타나기 시작했다. 엘리베이터에서 가끔 만나는 그 아이는 옥상으로 향하는 계단에 쭈그리고 앉아 게임을 하곤 했다. 엄마의 눈길을 피해 이곳까지 와 게임하는 그 아이가 우습기도 하고 안됐기도 해서 모르는 척했다. 온 가족이 모였을 때 그 아이가 화제가 됐다. 우리 가족 모두 몇 번씩은 그 애를 보았고 알게 모르게 신경 쓰고 있었던 것이다. 이런저런 이야기를 하다 갑자기 아들아이가 장난스레 말했다.

"혹시 그 애 귀신 아니야? 우리 집이나 앞집 살다 죽은 애. 가족은 이사 갔는데 걔는 집이 그리워서 자꾸 나타나는 거지."

「셔틀보이」

몇 해 전 아들아이가 휴대폰 기기를 변경하며 번호도 바꾸었다. 하필이면 번호의 전 주인이 문제가 있는 사람이어서 걸핏하면 빚쟁이나 경찰서에서 전화가 오곤 했다. 그 무렵 나 또한 전화기와 번호를 변경했는데, 미처 새 번호를 알리지 못한 지인들로부터 SNS 메시지에 답을 하지 않는다는─나는 가입도 안했는데─원성을 듣곤 했다. 내가 쓰던 번호를 새로이 갖게 된 사람이 SNS에 가입하면서 벌어진 해프닝이었다. 일련의 일들이 문학적 상상을 하게 만들었다. 어떤 아이에게 모르는 사람으로부터 계속 문자가 온다면? 그 아이가 상처로 가득한 외로운 아이라면? 잘못 온 문자가 마음을 어루만지는 내용이라면?

「천국의 아이들」

이 책에 실린 작품들 중 「나이에 관한 고찰」이 첫 번째로 쓴 글이라면 「천국의 아이들」은 가장 나중에 쓴 소설이다. 이 작품을 제외한 다섯 편을 읽은 편집자의 조언 덕분이다. 이미 정해져 있던 『청춘기담』이라는 책 제목의 성격에 좀 더 부합하는 소설이 한 편 정도 더 있었으면 좋겠다는 말에 가슴 밑바닥에 숨어 있던 이야기 하나가 홀연히 고개를 쳐들었다. 「나이에 관한 고찰」에서 머리가 하얗게 센 노인이 된 채 비상구 문 안으로 사라졌던 소년의 이야기였다. 의도하지 않았지만 운명처럼 첫 번째로 썼던 소설로 되돌아가 이 책의 마무리를 한 셈이다. 그럼에도 너무 마음이 아파 이 소설을 마지막 차례에 넣을 수 없었다.

  돌이켜보니 여섯 편의 소설 모두 내 아이들과의 경험에서 영감을 받았다. 그만큼 평범한 일상에서 시작된 작품들이다. 크게 신기할 것 없는 이야기는 어쩌면 '기담'이라는 책 제목이 주는 기대에 미치지 못할지도 모르겠다. 하지만 이 소설들을 쓰는 동안에도 꽃다운 청춘들이 속절없이 스스로, 또는 사고로 스러져 갔다. 그런데도 우리는 속수무책이다. 지금, 여기서 벌어지는 일만큼 기이한 일들이 또 있을까?
  지난 5년여간 쓴 단편소설들을 살펴보니 청소년들을 둘러싼 암담하고 절망적인 상황 속에서 희망의 씨앗을 찾아내려 안간힘을 써 왔다는 생각이 든다. 나는 앞으로도 그들의 삶 속에서 겨자씨만 한 희망의 씨앗을 찾아내 꽃을 피우고, 나무로 키우는 일을 계속할 것이다. 수많은 '그러함에도' 우리는 살아가야 하니까……

2014년 가을
이 금 이

청춘기담

2014년 10월 24일 1판 1쇄
2023년 9월 15일 1판 8쇄

지은이 이금이

편집 김태희, 이혜재, 김민희 │ **디자인** 권지연
제작 박흥기 │ **마케팅** 이병규, 이민정, 최다은, 강효원 │ **홍보** 조민희

출력 블루엔 │ **인쇄** 한승문화사 │ **제책** J&D바인텍

펴낸이 강맑실
펴낸곳 (주)사계절출판사 │ **등록** 제406-2003-034호
주소 (우)10881 경기도 파주시 회동길 252
전화 031)955-8588, 8558 │ **전송** 마케팅부 031)955-8595 편집부 031)955-8596
홈페이지 www.sakyejul.net │ **전자우편** literature@sakyejul.com
블로그 blog.naver.com/skjmail │ **페이스북** facebook.com/sakyejul
인스타그램 instagram.com/sakyejul_teen

ⓒ 이금이 2014

ISBN 978-89-5828-796-4 44810
ISBN 978-89-5828-473-4 (세트)